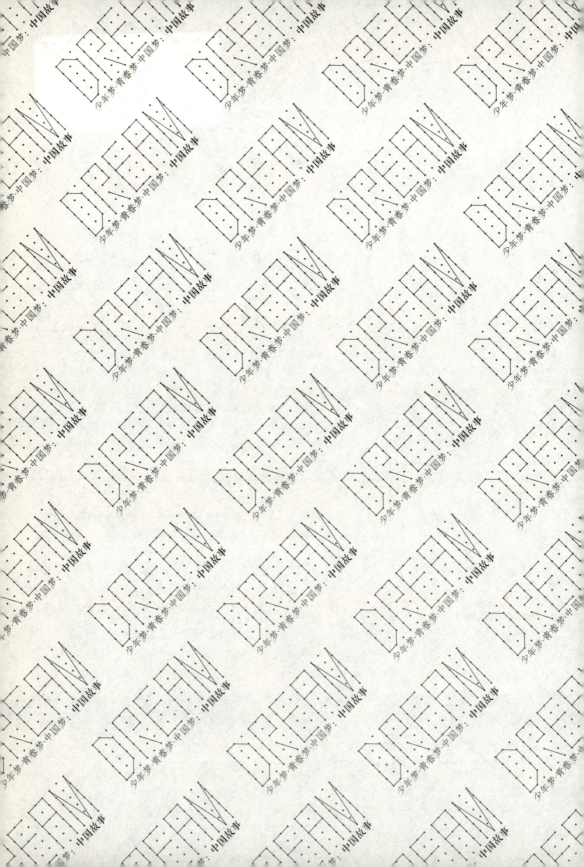

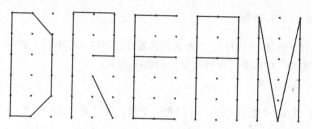

少年梦·青春梦·中国梦·中国故事

最美的教师

刘立勤 著

江西高校出版社
JIANGXI UNIVERSITIES AND COLLEGES PRESS

图书在版编目（CIP）数据

最美的教师/刘立勤著. —南昌：江西高校出版社，2014.6（2017.5 重印）

（少年梦·青春梦·中国梦：中国故事/尚振山主编）

ISBN 978-7-5493-2453-8

Ⅰ.①最… Ⅱ.①刘… Ⅲ.①故事—作品集—中国—当代 Ⅳ.①I247.8

中国版本图书馆 CIP 数据核字（2014）第 115932 号

出 版 发 行	江西高校出版社	
社　　　址	江西省南昌市洪都北大道 96 号	
邮 政 编 码	330046	
编 辑 电 话	（0791）88170528	
销 售 电 话	（0791）88170198	
网　　　址	www.juacp.com	
印　　　刷	北京一鑫印务有限公司	
照　　　排	麒麟传媒	
经　　　销	各地新华书店	
开　　　本	710mm×1000mm　1/16	
印　　　张	15	
字　　　数	215 千字	
版　　　次	2014 年 7 月第 1 版	
	2017 年 5 月第 2 次印刷	
书　　　号	ISBN 978-7-5493-2453-8	
定　　　价	29.80 元	

赣版权登字-07-2014-273

少年梦·青春梦·中国梦——中国故事

[刘立勤] 最美的教师

爱的诺言

看看师傅脸上浮出的笑容，我很想说点什么，却什么也没说，起身走了。师傅今生今世，除了我没有求任何人办任何事，求我呢，也只是哄哄师母，这次我虽然极不情愿，却又不好推辞。

师傅姓田，我刚进厂时赢弱不堪，无人收留，他就收我做徒弟。师傅在铆工车间是数一数二的高手，一直到他下岗，也没人敢和他较劲。师傅虽然有一手铆工绝活，却没多少文化，又不会钻营，数一数二的技术一直被一个姓王的师傅压得出不了头。先是当班长，王师傅一马当先；后来是评先进，王师傅当仁不让。王师傅一辈子都没爬上去，一辈子都是班长，我师傅就一辈子没机会进步，一辈子被压着。有时我们喝酒聊天，为他叫屈，他却是一脸满不在乎。我知道师傅其实是非常想当个班长、先进什么的，不然他就不会涎着脸让我帮他改工资表，每年帮他写奖状，可王师傅一直没长进，师傅也跟着没出息，并且处处都受王师傅的气。

田师傅在单位老受气，按说在家里该抖抖威风吧，可在家里也不行。别看他在请客吃饭时一副大老爷们儿的做派，私下里绝对是受气的角色，从他偷改工资表我们就可以看出端倪。

师傅识不了几个字，衣兜里却迟早揣着一支钢笔，钢笔又没别的用途，每月领一次工资，每月改一次工资表。工资由我代领，工资表也由我代改，每次改变不大，也由此可见师傅是非常怕师母的。究其原因，大概是因为师母太漂亮的缘故吧。

师母长得漂亮，而且是一个知识分子，那是令人羡慕的事情，这也是师傅此生引以为豪和得意的事情。也缘于此吧，师傅在家里几乎包了所有家务活。师傅干着家务活，师母就给师傅念报纸，讲笑话，或是轶闻趣事。师傅沉浸在自以为是的幸福之中，手里的活也干得利落，有声有色。只是到了我们去他家喝酒的时候，师傅才有机会摆出一副一家之长的神态，为师母挣得一个贤妻良母的好名声。每每看到师傅怡然自得的神情，我就想问他偷改工资表的原因。再一想师傅难得有这么幸福的时刻，一口酒把话咽了。

然而，不久后一次醉酒，我终于明白了这一切。

那天是师傅的生日，师母提升为领导，师傅又请我喝酒，也许是高兴吧，平日里一瓶酒就够了，那天喝完一瓶还未尽兴，师傅就让我到屋里酒柜里取酒。我拉开酒柜门，看见了一摞摞写着师傅名字的奖状。正在我疑惑不解时，师傅进来了，看见我手中的奖状和奖品，师傅的脸倏地就红了。"嘿嘿，我是哄你师母呢，你师母条件那么好，嫁给我，我不长进，我对不起她，我只好……"师傅说罢，就把我拉回座，我们一盅接着一盅地喝，直到喝得酩酊大醉。

自此以后，我对师傅多了一份同情，对师母多了一份怨恨，我想利用一切机会给师傅争取一份尊严。可是，除了在师傅家喝酒时能给师傅捞到一个一家之主的机会，在厂里我帮不上半点忙，直到我当了厂办秘书，师傅仍被王师傅压着。待厂子被兼并后，数一数二的铆工高手反而下了岗，我依然是爱莫能助。幸亏师傅人缘好，过去的一个徒弟给他介绍了一份闲差，工资是过去的两倍，师傅才在师母面前有了一个扬眉吐气的机会。然而，师傅对于自己下岗的事情在师母面前只字不敢提起。

这不，师傅下岗上班还不到一个月，就受了工伤住进医院，师傅也不敢告诉师母，而让我以厂办秘书的身份去通知师母。我知道师傅活得太累太累，我不想说假话，却不得不去找师母。

"小刘，你终于来了，我等你好久了。"

我刚走到师傅家门口，师母就开了门，拉着我就走。

"怎么，您已经……"

"我知道了，不知道他伤得怎么样？"

师母说着，就流出了泪。擦把泪，她又说："你师傅忠厚本分，总觉得配不上我，其实我看中的就是忠厚本分，可他不知道，又是抢着干家务，又是用假奖状、假奖品来哄我，下岗了也不告诉我。要不是我的一个学生打电话说他在找工作，我根本不知道。没想到学生安排那么清闲的工作，他还受伤了。"

"原来，这一切您都知道？"

"我咋不知道。"

"那您……"

"我知道你可以在心里瞧不起我，可我不能拒绝你师傅的谎言。如果拒绝了他的谎言，他就会失去爱我的勇气。都说诚实是爱的基础，有时，爱也需要谎言维系。"

师母说罢就匆匆走了，我对爱又有了新的理解。

红樱桃

　　不经意的，他们说到了樱桃，说到了那红红的樱桃。他说，你也许不相信，我小的时候不知道樱桃是红的。

　　她说，怎么会呢？樱桃熟了就是红的呀。

　　他满怀伤感地说，小的时候，我们哪里能等得到樱桃长熟呀。

　　他说，我们那个山村很穷，穷得全村子找不出第二棵樱桃树。因此，当学校后门外的那棵樱桃树刚刚开花的时候，他们就开始围着那树转。我们看着一朵朵樱花儿开放，看着一朵朵樱花儿飘落，看着一片片叶儿长出来，然后我们就看见那翠绿的樱桃挂上了枝头。明知樱桃还不能吃，忍不住摘下一颗塞进嘴里，立马就酸倒了牙齿，急忙吐出来，然后就急切地盼望着樱桃早点变黄。那时候我们以为樱桃一黄，就是成熟了。因此，当樱桃终于有了黄的意思，我们就开始采摘了。黄一粒，摘一粒，有时还等不着黄透，我们就会把它摘下来。就这样，我们从来都等不到樱桃变红的时候，自然就不知道原来樱桃是红的。因此，当我上中学后，在家乡的那个小镇第一次见到红红的樱桃时，我怎么也不相信那是樱桃。

　　她叹了一口气，说，我比你幸运，我很小的时候就知道樱桃是红的。倒不是我们那个小镇多么富有，樱桃多，是因为我三婆家有两棵樱桃树。三婆不是我的亲外婆，我不好意思随随便便到她家去。好在上学的时候，我们可以绕路经过三婆的门口，虽然要多走一里多的路程，可为了吃上樱桃，我们乐此不疲。樱桃成熟的季节，每天放学我就和弟弟从三婆的门前回家。到了三婆的门口，我们亲热地喊叫一声"三婆"，眼睛却看着树枝上那红红的樱桃。三婆听了我们的喊叫，就唤回树下的狗，笑眯眯地搬来梯子，让我们自己上树摘樱桃。满树的樱桃是那么红，那么甜，哪有吃够的时候。实在吃不下了，三婆就摘下头上的蓝色手帕，让我们再摘一包带回家去吃。那时候我真的感激三婆，她不仅让我们上树摘着吃，还让我们拿回家去吃，更重要的是她的手帕给了我们第二天到她家吃樱桃的借口。于是，那段时间我们天天都可以到三婆家，天天可以吃到樱桃。现在想起来，三婆家的樱桃依然是那么红那么甜。

她说罢，沉浸在回忆里拔不出来。而他看着她酷似樱桃的红唇，却是满心的迷醉。

这个地方怎么不生长樱桃呢？我已经有两年没有吃樱桃了。过了许久，他回过神来，他心里也是疑惑，这个地方怎么不长樱桃呢？这个时候，如果自己能有一枝红樱桃献给她，再说出憋在心头的话语，自己一定会走进她的心田。他想。

第二天，他找了一个借口，走了十几里的山路，来到山外的小镇。已是初夏了，麦子扬了花，小镇上有许许多多卖樱桃的人。看见那一篮又一篮红嘟嘟的樱桃，他就想起她那红红的唇，他的心里一片灿烂。来一次小镇不容易，平常他一定会办许许多多的事情，但这一次，他只是精心挑选了两斤又大又红的樱桃，便急急地往回赶。为了他，她已经有两年都没有吃樱桃了。这个年代，红樱桃已经算不上什么稀罕的东西，但他还是急着赶回家去，他想让她尽快吃上红红的樱桃。

可惜，她没有吃上他买来的红红的甜甜的樱桃。虽然十几里的山路他只走了两个小时，虽然每一粒樱桃都是他精心挑选的。当他回到山里，满怀欣喜打开纸袋叫她吃樱桃的时候，发现樱桃全都乌黑了，就像是谁用开水烫过一般。不要说吃，就连看一眼心里也会十分难受。怎么会这样呢？他还没弄明白是怎么回事呢，泪水就从她的眼睛里流了出来。抹去泪，她就离开了大山。那时，他多么想留下她呀。可怎么留呢，这里连一株樱桃树都没有。她走了，他就想在这里栽下一棵樱桃树，他要让枝头结满红红的樱桃。

良种的樱桃树难栽，他就用了十倍的精力来照看它。春天里，他给树施肥，夏天他为树浇水，秋天里他为树培土，冬天里他又为树织了一个"温棚"。五年过去，昔日一棵小小的树苗，已长成一棵挺拔的小树了。春天里，它开了花。夏天里，它结了一树的樱桃。那一树的樱桃就像一树的红花，灼灼夺目。这时，他又想起五年前离开这里、现在生活在城里的她。他想，城里虽然满街满巷都是樱桃，肯定没有他栽出的樱桃红；城里虽然时常可以买到樱桃，绝对没有他采摘的樱桃甜。好在这时，城里通往山里的电通了，山里通往城里的路也通了。他采摘了一篮红红的樱桃托人捎给城里的她，樱桃虽然红得太迟了一点，他想她一定会喜欢。因为，他听别人说过，她的女儿就叫樱桃。

名　字

　　王老师一手摁着那张表格，一手捏着钢笔，死活记不起自己叫什么名字了。

　　王老师本来是有一个或是两个名字的，可自从他在村小开始教书后，人们都喊他"王老师"。喊得久了，人们就忘记了他的名字。王老师自己本该是记得的，可捏着钢笔却怎么也想不起来了。

　　于是，王老师就推着时间往前撵。

　　撵到没教书时，王老师想起了自己的小名，好像是叫"狗蛋"或是"狗剩"。只是这名字用到上学，老师就把名字改了。改的名字叫起来拗口，写起来也麻烦，王老师也不甚喜欢，加上父母、同学仍然是"狗蛋"或是"狗剩"地喊，那名字只是老师写在成绩册上的记号，再也没了别的用途，名字就被淡忘了。小学毕业后，他就开始在村小教书，"狗蛋"或是"狗剩"再也没人喊过，都喊起"王老师"，名字更没人用了。那时民办教师又没工资，记工分、分口粮了，王老师就在别人画的或圆或方的圈圈后面写个"王"字，已是非常自豪的事了，哪还有闲心去写名字，名字反而成了累赘，以后就被他精简了。

　　后来，好像是有两个要用名字的机会，王老师的学问也操练得很深了，他就给自己取了两个挺时髦的名字。只是那两个机会擦肩而过，时髦的名字却没派上用场，那名字也就随取随丢了。到了民办教师不记工分而领统筹款时，他的学生有的当了校长，有的当了会计，学生记不得老师的名字毕竟是件不好意思的事情，学生也羞于再问，工资册上就记个"王老师"，王老师签字了就写个"王"。即便是领导来校检查或是开会了，都尊他一声"王老师"，也没有谁喊过他的名字。

按说家里人应该有人知道吧，可他一想，还是没人记得。父母是早就死了，女人吧，是自己的学生，结婚前喊"王老师"，结婚后喊"哎"。"哎"了三十多年，儿子大了，儿子却是土拨鼠，不必用他的名字。孙子倒是上中学，也经常填写表册，却用不着他的名字。名字彻底地被忘了。

真的是忘了，王老师怎么也想不起自己的名字了，那只捏笔的手就抖了起来。干了一辈子的老民办，教了一辈子的书，却没当过一天半天的公办教师，到老了反而把名字弄没了。如今不想教民办了，想干一件能多捞几个钱的事儿吧，却没了名字。重取个时髦的名字吧，已没了必要。王老师就在姓名栏里写下"王老师"。看着这三个字，那能多捞几个钱的活也没了再干的必要。他想，哪有老师不教学生的理儿呢？王老师想到这儿，就把钢笔装进了衣兜，再瞅瞅那名字，他就笑了。他想，那名字确实挺美的，将来死了，就把它刻在墓碑上，谁见了都会喊一声"老师"，那真是再美不过的事儿了。

老坎的麦田

　　新县长上任的第十天，老坎就把新县长告上了法庭。村上的人知道后，都替他捏了一把汗。跟县长打官司，那可不是闹着玩儿的。老坎不怕，他说他这次赢定了。

　　村里人都骂老坎，骂他是因为老坎不会过日子。

　　老坎单身一人，坡上有一丈山，河边有一亩好坪地，没负没担，应该是个好日子。可他就是不把日子当日子过。坡上的山任它荒着，河边的地任它长草。好心的老甩说给他把地犁了种了，他却让老甩管他一年的吃住。这样，他家的地只好那么闲着，任它长草，老坎就袖着手在村口浪荡，丢全村人的脸。

　　好在老坎那块地在路边，老坎的地很是抢眼。那一年，老县长从地边路上经过时，看见了那块地，就找来村长，把老坎的地包了，做了县政府的实验田。说是县政府的实验田，县政府也没有人来种，只是春耕的时候到了，县长领着一些人来扶一回犁；夏天麦收了，县长又领着一些人来割一次麦。平日里，老坎就一次次去要钱买化肥，要钱买农药。每次去了，钱总是很足，那钱不仅买了化肥，买了农药，还能请几个庄稼把式把地细细弄一遍。剩下的呢，还够老坎一月俩月的酒钱。于是，那庄稼就在老坎的酒气中一日日地长。长好了，长熟了，老坎就穿戴一新等县长。县长走了，收获的粮食都是自己的了，老坎就可以在电视里、报纸上看到县长和自己亲热地说笑。每每这时，村里人都会笑着骂一句"狗日的老坎"，心里却是眼气得不得了。

今年风调雨顺，老坎的麦田更是喜人，硕大的麦穗生出诱人的麦香，老坎乐得合不拢嘴。合不拢嘴的老坎就念起县长的百般好处，老坎就急急地去找县长。县长没找着，倒是见了白白胖胖的主任。主任说，麦子你先留着，老县长调走了，新县长刚到，等新县长把情况熟悉了，我领县长来割麦子。老坎听了主任的话，就高兴地在家等县长。他想，不管你新县长老县长，割不割麦子事小，电视总得上，不上电视了，那电视里放甚哩。老坎是有经验的，老坎就消停在家里等。

老坎种的是良种，麦子黄得早，老坎的麦子黄时，四周的麦子还是半黄的呢。现在，四周的麦子都黄了，老坎的麦子就焦黄了。老坎虽然不急，可四邻的村人着了急了，他们催着老坎去找县长割麦子。老坎知道县长不割他的麦子，别人的麦子是不能割的。为了村里人，老坎又去找县长。可县长总是忙，老坎不仅找不着县长，就连胖主任也找不着。老坎没办法，老坎就抱着电视找，可电视里满是新县长影子，就是不见县长人。后来，好容易找到胖主任，胖主任说再等着。老坎呢，也只好等，只好在城里等，他害怕村里人找得他不得安宁。

老坎在城里等得正滋润呢，村里却下了一场冰雹。人家的麦子在老坎进城时就偷偷地割完了，独剩老坎的麦田被打得稀烂。老坎看看麦田里东倒西歪的麦秸秆，又看看满地圆滚滚的麦粒儿，老坎就找到县长，让县政府赔麦子。县长不赔不说，县长的态度还蛮横。于是，老坎一气之下就把县长告上了法庭。

老坎告县长是想让县长赔他的麦子呢，没想到县长并不买他的账。县长不仅不赔他的损失，还真刀实枪走上法庭。老坎兀自先怯了。待到法庭上胖主任和村长翻了供，说老坎的麦田不是实验田是扶贫田，老坎的官司就输了。输了官司的老坎看到以前到过他麦田的录像机和照相机

"喀嚓喀嚓"响起来后，他又想起了自己的麦田，他想自己晚上就可以看电视上县长和自己打官司的情景。老坎终于明白，自己又成了新县长的麦田了。

拐伯的牛

那年的冬天很冷，拐伯腿痛的毛病又犯了。拐伯就挂着一根长长的吆牛鞭子，找到我爹，说他要到城里儿子家去治腿，可两头牛没有办法交代，想请我爹替他放牛。我知道养牛是一件很辛苦的事情，天晴要犁地，下雨要铡牛草喂养，一年四季没有一天清闲的日子。爹的身体不好，我就急着用眼睛瞪爹，可爹只顾得低头抽烟。这时，拐伯一笑，又说，犁地的工钱抵放牛钱，生下的牛犊子也归你，但你要把牛养得鲜亮。爹听了，吐出一口浓痰就应了。

拐伯见爹应了，就一拐一拐地走了，好似捡了好大的便宜，我心中对拐伯的好感和同情也随着他一起走了。穷乡僻壤能养活两头牛已经很不容易了，哪能鲜亮呢。再说，我不同意还有另外一层原因。

拐伯以前是地主，我爹新中国成立前就是给他家放牛的，后来又给集体放牛。直到"文革"时红卫兵打折了拐伯的腿，为了让他有一条生路，我爹找到当支书的堂兄，才把放牛这个挣高工分的活让给了他。没想到拐伯现在有了钱，还专门买牛让我爹放，我心里委实不舒服。

不舒服归不舒服，爹答应的事情，爹就干得很尽心，有事没事一门心思操在牛身上。天晴犁地了，爹从我们的口中扒拉一些粮食喂牛；下雨不犁地了，爹就冒雨割回鲜嫩的草。娘见了不无妒忌地说，你待牛比待我还要好。爹听了，只是笑，笑罢了，又去照看拐伯的牛。

牛也争气，经过一段时日的喂养，牛长得健壮威猛，皮毛似软缎一样油光水滑。看着牛，我说，爹，拐伯回来要给您发一张大奖状呢。爹说，奖甚呢，你拐伯只要说声好就行了。可惜，拐伯没有说好，拐伯根本就没回来。拐伯只是写了一封信，说是腿没治好，请爹费心把牛喂好。爹捏着信，很遗憾拐伯没有回来。遗憾之余，爹依然是尽心尽力给拐伯喂牛。天晴犁地的日子，他依然克扣我们的口粮喂牛；下雨不犁了，他还是给牛割鲜嫩的草。牛怀牛崽了，爹把那牛看得更是金贵，牛不干活不说，还一天一顿精饲料。牛下牛犊了，爹整天都在牛圈里料理，比娘生弟弟时照料得还要精心。我虽然愤愤不平，但看见爹眼里萌生的希望之光，我只好忍住不说。

爹梦想着有两头牛，这梦从新中国成立前一直做到现在，直到现在他才看到一点希望。于是，来年夏天到来的时候，我暗暗企盼拐伯的腿不要治好，再有两年，爹就有了自己企盼的两头牛了。放牛固然辛苦，也唯有如此，爹才能得到自己企盼的牛。也许是天意，拐伯腿痛的毛病一直没有得到根治，每年的夏天他只写一封信，恳求爹继续喂好他的牛，爹的希望就慢慢走向现实。

第一头小牛犊终于长成牯子了，母牛又下了一头牛犊，爹的梦想成功在即。可是那头老公牛却病死了，爹的梦想又破灭了一半。看着爹日渐苍老的神情和身体，我想写信让拐伯回来，可爹不允，私下将那头牯子划给了拐伯，把那头死牛卖了，做了我上高中的费用。

拐伯的牛拴住了爹，也拴住爹挣钱的手，我和弟弟又都在上学，家里的经济很紧巴，爹的梦想确实很难实现。待到第二第三头牛犊长大了，我又准备写信给拐伯时，我家又有了新的开销，爹不得不卖去属于自己的牛，卖去自己的希望，也希望拐伯不要回来。拐伯的腿是老毛病了，拐伯也始终没回来。牛犊是卖了又生，长大了又卖，爹的希望总是难以实现。于是，我在古城上大学的那几年，爹和娘总是年年给拐伯捎了许多土特产，而我次次都送给了别人。我不仅仅是因为爹新中国成立前和新中国成立后都给拐伯放牛而生气，我更是担心拐伯要是和我一起回家而断绝了我爹的梦想。

今年夏季，我终于从大学毕业了，弟弟也参加了工作，爹终于实现了自己的梦：拥有了两头健壮的牛。于是，我急切地给远在古城的拐伯写了信，让他赶快回来安排自己的牛，我们家已经不需要再给他放牛了。

可是，拐伯没有回来。拐伯的儿子回了一封信，说是拐伯进城的第二年就治好了腿，去年秋天因病去世了。信中还说那两头牛是送给我们的，是怕我们不接受才找了那么一个借口。看罢这封信，我哭了，我终于明白：我爹的希望不仅得益于那两头牛，就连我家今天的生活也得益于那两头牛。

捏着这封信，我想起了拐伯，可拐伯已经死了。拐伯死了，好在拐伯的牛还活着，牛的子孙还会生生不息。

秋　猎

二十年了，我一直忘不了那次秋猎。

那时，我在一个小山村当教师。山村小学的生活非常单调，送走了学生，漫长的下午和漫长的夜晚常常不知道该做什么。话有说完的时候，酒有喝醉的时候，牌也有打烂的时候，书也有看倦的时候。那么，年轻的我们又该去做什么呢？于是，我们就走进了遥远的农舍；于是，我们就认识了一个叫老枪的猎人。

老枪不老，可是老枪已经是一个老猎人了。五岁时和他爹一起上山打野鸡，如今已经有四十五年的猎龄。时令刚刚进入深秋，房屋的山墙上已经挂满了各种各样的猎物，展示着老枪狩猎的成果。看见我们到来，老枪笑呵呵地让家人生火做饭。片刻工夫，各种各样的野味就摆上了桌子，有的干煸，有的清炖，有的红烧，有的爆炒，让人目不暇接又垂涎三尺。这时，火塘的酒也热了，满屋里就弥漫着醉人的浓香。吃着野味，喝着烧酒，老枪的脸上写满了幸福和骄傲，话语就伴着笑声肆意地流淌。这时，我就知道了什么是"猪奔尖"，什么叫"熊奔垭"，还有"羊子跑砭麂子钻"的狩猎歌诀，也知道怎么设置压杠压獾猪，怎样设置圈套套老狼，又怎么挖陷阱猎狐狸，还知道了怎样一枪打了十头野猪和怎么不费一枪一弹打死黑熊的壮举。听到最后，我忍不住对他说，哪天你高兴了就领着我们去打一次猎吧。老枪满口答应。可是打什么呢？老枪颇费思量。不是合不住我们的时间，就是有很大的危险性。那么打什么东西既不耽误我们的时间，又不危险呢？老枪思考了很久，才说，那就打果子狸吧。果子狸是夜晚活动，而且打不死的话又没有什么危险。其时，果子狸还没有后来那么大的名声，还是人们喜爱的八珍之一。如果能够打得一只果子狸，不仅可以一品山珍风味，也有了一个在女友面前吹嘘自己的资本。

打果子狸是在夜晚，果子狸喜欢在夜晚出来活动；打果子狸是在深秋，果子狸最喜欢深秋的红柿子。遗憾的是我们那个小山村什么树都多，就是柿树少，而且全都分散在深沟野洼里，我们的狩猎活动就显得十分的辛苦了。好在我们年轻，好在我们对狩猎又寄有太多的向往，我们忐忑和兴奋地开始了我们的狩猎生活。老枪说，你别看果子狸胖胖的、傻傻的，其实它嗅觉非常灵敏，也非常狡猾。所以，在向柿树前进的时候，在一里开外，我们必须屏住呼吸，不发任何声响，直接奔赴柿子树，即便就是摔破了胳膊、跌破了腿，也不能发出声音。老枪又说，到了柿子树下，又迅速打开电灯，从树干开始扫描，然后直照树枝，四下寻找，如果发现树枝的柿子里面有星星闪烁，那必定就是果子狸。老枪还说，手电的灯光要一动不动地照着果子狸，我会在三秒钟内开枪打死它。老枪最后说，如果枪响过后有东西从树上掉下来，那就是果子狸，让我们迅速跑过去，用手里的木棒照果子狸的头上抽打，以防没有死而受伤的果子狸逃跑。老枪一边说，一边发给我们一人一个手电，一人一个木棒。为了更好地寻找果子狸，老枪的电灯是三节电池的；为了有力地打击果子狸，老枪的木棒包了一层铁皮。有了老枪的嘱咐和老枪的武器，我们就和老枪一起像武工队夜袭鬼子的炮楼一样，开始了我们的狩猎生活。可惜，不知道是我们的愚蠢，还是果子狸比鬼子还狡猾，我们走完了三条沟六面坡的十五棵树，摔了十几跤，手上、腿上划痕密布，我们连果子狸的面都没有见着。老枪说，我们来早了，果子狸还没有上树。老枪说，明天吧，明天我们继续。尽管如此，我们依然觉得十分的兴奋和惬意，因为我们怀揣对明天的向往。

可是明天，以及明天的明天，一连六天，我们仍然没有见着果子狸。总结原因，老枪说我们又来迟了。老枪一边说着，一边指着树皮上的划痕和地上一个破烂的柿子说，果子狸刚刚离开，我们和果子狸擦肩而过。又是夜晚，我们满怀希望又和他一起奔走了几架山，当疲惫满身之时，我们听见了一个野兽的叫声，我立马头皮发麻，不知道如何是好。却发现老枪的眼睛立即发出闪亮的光芒，说，是果子狸。它应该是刚刚到来，才上树。我们屏息静气地等待着，等待老枪的一声令下，我们就直扑树下，打开手电四下寻找。然而，这次真的是迟了，那叫声是果子狸吃饱喝足挥手再见时得意的呼喊。秋天的夜晚虽然十分的美丽，我还是感到失望至极。老枪说，明天吧，明天保准。

又是夜晚到来的时候，我拒绝了老枪的邀请，因为我思念的女友来了。也就是那天的夜晚，在不到一个小时的时间，女友结束了我们的关系。他们也回来了。他们只走了一条沟，寻找了三棵树，老枪就在第三棵树上打下了三只果子狸。望着地上美丽的果子狸，心里不免生出了许多的遗憾。以至于二十年过后的今天，我依然是如鲠在喉。不知道生活里为什么会是这样，留不住一心想得到的，也常常失去应该得到的。

犁　地

　　这年的腊月，有一段难得的好日子。那段日子里，老阳儿像是旺旺的火，烤得南墙外的三亩地好似铺了毡，软绵绵地舒坦。

　　这时，五叔就掮着梨、吆着牛来犁地。都知道五叔犁地是假，五叔是来调教牛。五叔做庄稼是好把势，调教小牛更有一手绝活。再烈性的牛在五叔手中，好似捏拿揉好的面团团。于是，在南墙根儿下晒太阳儿的人们，都歇了手中的活计，看五叔调教小牛。

　　五叔的牛养得好。五叔虽然胡须上、胸襟上常常挂着唾沫或是饭粒，但牛身上绝对没有一星半点物什。五叔早晚把牛毛梳得如同锦缎，而牛就像拳王争霸赛场上的拳击手，浑身憋满劲儿。其实，五叔的牛去年就该调教了，可五叔说牛犊还嫩，身子骨还在长。那牛犊又长了一年的膘，那牛就难得调教了。正如五叔的孩娃，别人家的孩娃都退学了，五叔却把孩娃逼进学堂上学。孩娃学堂上满了，也没混出个名堂，整天领着一帮浑小子满镇子晃。五叔已经奈何不得了，一把老骨头就没日没夜地干。

　　五叔把牛套在犁上，老阳儿就暖暖地包裹着人们。人们就像吃了一只猪脚、喝了三两甘蔗酒，身子骨懒得发软，眼睛却直直地盯着五叔。只听五叔"吆喝"一声，牛就摆出犁地的架势。老母牛已是犁地的老把势了，不慌不忙地拽，那牛犊却不安分，兴奋得乱蹦乱跳。五叔又"吆喝"一声，牛犊依然不解五叔的话语。母牛急得甩开尾巴，打了牛犊，没想到牛犊似是受到了鼓舞，蹦跶得更欢实了。地已没法犁了，五叔就扬起扎有红鞘的鞭子。鞭子在空中红艳艳地一闪，旋即却落在母牛的身上。

五叔老昏了。晒太阳儿的人们看见牛鞭在母牛身上敲出的鞭痕，才发觉五叔老了，老了就昏了。那母牛正出力呢，蹦跳的是牛犊，挨打的却是母牛。正应了那句古训：鞭子打的是快牛。人们又想，鞭子打了快牛，那牛犊咋能调教得出来呢？人们边想着，边去看五叔调教牛。这时才发现，五叔已不知用了啥法儿，牛犊已不再蹦跳，在乖乖地拉犁。只是牛犊舍不得出力，独剩老母牛拼命地拽，犁把子就在五叔的手里歪了又正，正了又歪。五叔又"吆喝"一声，扎有红鞘的鞭子在空中划了道红弧，又重重地落在母牛的身上。那母牛又一用力，五叔手中的犁把子又偏了。

五叔昏了，五叔真是老昏了。人们想，五叔这样鞭打快牛，牛犊是调教不出来的。人们张口想说点甚，又恐五叔的儿子接茬。叹息一声，又去看五叔犁地。犁地的五叔真是老昏了，犁着犁着，出力的母牛又重重地挨了一鞭子。于是，有好事者就吆喝一声。

"五叔，不出力的是牛犊子。"

"晓得。"

"晓得你为甚还打母牛？"

"母牛出力是护牛犊子呢。"

五叔说罢，鞭子又重重地落在母牛身上，人们立马噤了声。鞭子虽然落在牛身上，也落在人身上。晒太阳儿的人们就红了脸，三三两两地都走了，独剩五叔在犁地。

明年腊月，又该有一段好日子，那段日子里老阳儿仍是疙瘩火一般旺旺地烤，南墙根儿下也没晒太阳儿的年轻人了。去年出走的孩娃已是搂钱的好手了，五叔的牛犊也成了犁地的好把势，南墙外的三亩地只用一晌的工夫就犁完了。

遗　言

叉子死时，叉子女人还是哭了。不是为叉子，是为婆婆和自己。

她弄不明白自己的命咋恁苦，好端端的一生偏偏避不开叉子，和叉子搅在一起，搅出一段凄苦的日子。好在叉子吃枪子儿死了，苦日子熬出了头。女人想象不出也懒得去想这是谁做的善事，她现在设想着怎样才能哄住婆婆。

婆婆七十多岁了，自从上个月去镇上回来，新病老病一起发作，身子骨一日不如一日了，黄土已壅齐颈脖子了。虽说婆婆恨死了叉子，但叉子毕竟是她的儿子，是她的心头肉，一生坎坷哪还经得起晚年失子的打击呢？女人给婆婆喂了饭，末了，声音很轻很淡地说了声："叉子到潼关背矿去了。"婆婆听了也没吱声，蜡黄虚弱的脸上依然是一片宁静和安详。女人见了，揪起的心方才沉沉地落下去。

女人回到家，把叉子的照片全都烧了。叉子活着时干尽了坏事，死是罪有应得的，也没有什么值得依恋，只是婆婆不好安顿。虽说一时哄住了她，日子久了，难免要露馅儿，生出新的麻烦。况且，婆婆知道山里女人挣钱难，日子紧巴，就拒绝吃药。女人想，眼下就得有个万全之策。

以后的日子，一月两月的，从潼关回来的人就会捎回三十块五十元的钱，说是叉子捎的。那人还说这钱是叉子让娘治病的。女人便泪水盈盈地说:"娘,叉子变好了,您老就把身子骨调养好吧。"婆婆怔怔地盯着叉子女人,好久好久,算是应了。叉子女人就一脸的兴奋和激动,忙着请医生、熬药。

钱不断地捎回来,又不断地装进婆婆的药罐子。婆婆的病却越来越重。好容易挨过了一年,女人手中的私房钱没了,婆婆也快死了。

临死时,婆婆对女人说:"房子卖了,你走吧。""娘。"女人看看婆婆,想把真话告诉婆婆。谁知刚说声"叉子"就哭了。

婆婆一脸平静:"别说了,那事⋯⋯是娘告的官。"女人猛地一怔。婆婆脖子一歪,咽了气,那苍白的脸上依然是平静。

狼

公狼和母狼是第三天相见的时候，双双掉进了猎人的陷阱里。

三天前，母狼躲在山洞里，任凭一双儿女把她的乳头揪得生疼，揪出的汩汩的血汁流进嗷嗷狼崽的嘴里时，公狼回来了。公狼的脚步声显得疲惫又无奈，狼崽听见了，似乎听到了上帝的福音，"嗷"的一声扑了上来，在公狼的身边撒着欢儿。公狼只好低下头，羞愧和悔恨滚落在草地上，草地上就生出一朵红艳艳的花。

红艳艳的花转瞬被狼崽不满的声音砸碎了，公狼只好抬起了头，公狼从母狼的眼里读出了一份悲凉。公狼侧过身，把猎人恩赐的伤口甩在母狼的眼光之外，期盼着母狼有什么不满的表示。

母狼什么也没说，说也是没有用的。环境的险恶与日俱增，林子少了，猎物少了，多起来的只是人，到处都是人，人的双眼就像一支支双管猎枪紧紧地咬着他们，始终不愿放过。经过多少风险，他们已记不清了，他们只记得自己的身上中过七处枪伤，至今还有四颗铅弹。母狼拖着那条跛腿，伴随着他走南闯北。公狼还记得，母狼生过六胎六对孩子，如今只剩下一个月以前生下的一对了。母狼生下这对孩子后，公狼一直在替她寻找着食物，而他们母子三狼呢，只吃过公狼寻来的三只山鸡，三只瘦骨嶙峋的山鸡。五天前瘦弱的公狼出门去觅食，五天后觅食归来的公狼更加瘦弱。公狼没有见到猎物，也没有见到同类朋友，甚至是老虎也没见过，有的除了人还是人，到处都是人，每个人的眼睛都像一支双管猎枪撵着他四处逃窜。

能逃的地方少，有猎物的地方更少，生命还得延续。母狼只好把小狼衔进狭窄的阴暗的石洞，又用石头堵好门洞。然后，她舔了舔公狼的伤口，厮跟着公狼走出了山林。

林子很小，小得四条腿都显得多余。属于自己的领地呢，也就是这四条腿，四条腿之外，就是四伏的危机。公狼和母狼走得很小心，小心地寻觅一条安全而又可以找到食物的通道。只是安全的道路上没有食物，有食物的道路上不安全。公狼和母狼在寻觅的路上走了很久很久，没有天敌老虎，也没有鹿，没有野兔，甚至连一只山鸡也没有遇上。他们知道，这些东西都被人打杀干净了，自己的生命虽然逃脱猎人一时的追杀，谁能保证前面没有新的危险呢？

前路布满了危机，为了生存，他们仍然是别无选择。合在一起有事能关照，却少了寻找食物的机会。为了找到食物，他们分手了，分手的时候，母狼用鼻子蹭蹭公狼的面颊，显得异常的亲切，公狼黯然流下了眼泪。二十年前他征服了狼群里所有的公狼，母狼就跟着他。一起的日子，有过无数的欢乐，也历经无数的风险。今天这一别，他真的不知道是否还能有见面的日子。前路险恶，他们每走一步都要看一眼对方，他们知道，每一眼都可能是最后的一眼。

终于走出了对方的眼睛，却始终走不出自己的牵挂。牵挂给自己疲惫的身体注入了鲜活的力量，牵挂也给自己带来了许多的能量和希望，他们期盼着再次相见的日子。相见的日子，他们终于相见了，虽然没有找到一点食物，可终究还是活着。活着是多么的艰难啊。因此，他们看见对方还活着，他们表现得异乎寻常的亲热。经历的所有的危险都被这种亲切包容了。他们沉浸在相见的不易和喜悦之中。

灾难就在这喜悦之中降临了，他们跌进了猎人的陷阱。陷阱不大，只能容得他们转过身子；陷阱不是太深，他们却是怎么也逃不出来。公狼看看母狼，母狼又看看公狼，然后再看看陷阱上方的天，他们知道这次算是完了。他们没有悲哀，反而长长地吁了一口气，面对面、鼻子蹭着鼻子，进入了一种忘我的境界。他们想起了年轻时互相许下的诺言，不求同生，但求共死。他们想，自己历经了千难万险也不过是为了今天这个结局。他们互相珍视地看了一眼，眼里全是真情脉脉，在脉脉真情之中，他们等待着死亡的降临。

也许是过了很久很久，也许是很短很短，他们同时想起了藏在石洞里的孩子，求生的本能又占据整个心头。仰起头望望陷阱的四周，他们知道难以翻越。年轻时尚有可能，可惜，他们都是二十多岁的老狼了，而且五天没吃过东西，希望就这样掐灭了。为了孩子，他们的心中升起无限的悲哀，仰天长嚎，悲切凄冷的吼声被风吹遍了漫山遍野，又回荡在狭窄的陷阱中。悲哀像黑夜一样，一步步逼了上来。天黑了，所有的希望都破灭了，他们平静地依偎在一起。这时，母狼就想了一个办法，她悄悄地抬起头，发出蓝荧荧的光，把公狼瞅了一遍，又瞅了一遍，似乎想把他装进自己永远的记忆中。然后伸出长长的舌头，仔细地梳理公狼的每一根毛。做完了这些，母狼看了公狼一遍，又看一遍，就把自己的脖子塞进公狼的嘴里。而公狼好似被火烫了一般，急忙后退，发出绝望的吼叫。公狼知道母狼的心思，可公狼做不出。公狼和母狼在一起生活了二十余年，二十年里他们共同分享了每一份幸福，也分享了每一份灾难。如果他们之间任何一方离开另一方，他们也许早就成了一架白骨了。因此，在公狼的心里，可以失去所有，但不能失去母狼。而母狼也深知公狼的性格，知道这次公狼不会按自己的思路去干。母狼想起嗷嗷待哺的孩子，便一头撞向陷阱内的竹签。

公狼带着一嘴的血毛离开陷阱，匆匆地赶到他们隐藏孩子的山洞。公狼发现他们的孩子只有一个了，另一个已变成一架白骨。这用不着谁教，这是兽性，他还知道就是万物之灵的人也有这种兽性。公狼没有权利责备自己的孩子，就封好石洞，又来到那个陷阱边，悲凉地看了看那架白骨，然后用自己的血蹄往陷阱里填土。陷阱填平，又隆成了一个土堆，老狼终于完成了自己的杰作。公狼领着狼崽围着土堆转了一圈，又转了一圈，也洒下了一圈一圈的泪水。老狼长嗥一声，带着狼崽准备离去。这时发现猎人端着枪来了。乌黑的枪管发出蓝森森的光正瞄着自己，狼本能地后退了一步，然后却领着小狼向猎人面前走来，如血的残阳中，一匹老狼领着小狼向一杆枪走去，狼显得是那样的豪迈，那么的悲壮。

爷爷生命中的那一刻

那一年夏天，爷爷大学毕业后从京城回到老家。爷爷回家取钱是准备和同学出国留洋学医的，爷爷有着一腔报国的激情。爷爷的爷爷是一代名医，爷爷的爷爷有这个能力让爷爷去留洋十年八年，他甚至希望他的孙子在海外成家立业。国内太乱了，不是军阀，就是土匪，小鬼子也闹得天翻地覆，爷爷的爷爷不知死多少回了，他真的不想让爷爷留在国内，万一有个三长两短，三代单传的香火就灭了。因此，爷爷提出要留洋后，爷爷的爷爷就典当了两家药铺，给爷爷筹足了路费。当爷爷拎着这笔钱准备出发时，爷爷的爷爷想，也许自己今生今世都见不着自己的孙子了，爷爷的爷爷想留爷爷在家多待几天，可又怕鬼子来了。爷爷的爷爷说，你只在家里待一天吧。爷爷说，待一两天无所谓。爷爷的爷爷说，只待一天让爷爷看个够，也许……爷爷听了，就说，那就待一天吧。

爷爷就在家里待了一天。

第二天一早，爷爷拎着皮箱正准备离去时，爷爷离不开了。日本鬼子进村了，爷爷就和刘家屯的人一起被集中在屯中间刘家祠堂里。老老少少一千多口人都集中在这里。早先空旷的祠堂立马显得十分窄小，而祠堂的门外十分的宽阔。能到祠堂的门外该有多好哇！祠堂的门口有两个凶神恶煞一般的鬼子把守着，谁也不敢动作，就连小孩子也不敢哭泣，生生地望着冒着寒光的刺刀，等待未知的命运。

有一个小孩终于忍不住了，发出了第一声啼哭。爷爷还记得他的哭声是那样的清脆和锐利，人群霎时间吵闹起来。爷爷正想高喊一声和大家一起冲出去，站在爷爷身边的爷爷的爷爷一把捂住爷爷的嘴，与此同时，鬼子手中的枪也响了，接着那哭叫的孩子就倒在了妈妈的怀里。人群立马安静了，就连孩子的妈妈也捂着自己悲痛的嘴。爷爷的爷爷也松了手，爷爷就冷冷盯着祠堂的门口，等待更多的鬼子出现。

门口只有两个鬼子，枪响之后又来了两个鬼子，此后再不见更多的鬼子出现。爷爷回头看祠堂的人，人们都漠然地望着鬼子。鬼子呢，则抖着寒森森的刺刀。在刺刀的威逼下，恐惧就像一股烟雾在人群中弥漫开来，爷爷也觉得有一股寒气从脚底蹿到了头顶。爷爷又回过头，爷爷想寻找一个坚强的北方汉子，想寻求一份鼓励，寻找一份信心。爷爷挺起了胸，抬头又去寻找，可爷爷的爷爷又掐了他一把，低声说："你咋忘记了那一年？"

爷爷没有忘记那一年。

那一年土匪刘黑七的手下破了屯子，把全屯的人都集中在祠堂里，就像今天一样，留几个土匪守着祠堂，其他的土匪去搜刮财物。人们虽然害怕，还是有几个胆大不信邪的，挑起头来要反抗。只是他们张开嘴还没有发出声音时，土匪手中的枪就响了，他们应声倒下，剩下的都吓得噤若寒蝉，做声不得。直到土匪搜刮一空，走出村口二里地了，死者的家属才发出一声干涩的号叫。爷爷的爷爷就告诉爷爷，不要做出头鸟，因为枪打出头鸟。

爷爷想起这件事，挺起的胸膛又陷了下去，自然也不敢回头去寻找那份鼓励和支持。爷爷想，难道那些勇敢的人都被杀绝了吗？爷爷不甘心，爷爷的胸膛又慢慢地挺了起来。爷爷竖起耳朵悉心倾听祠堂外面的声音。除了门外几个鬼子皮鞋的踢踏声外，再没有别的声音。爷爷想，难道只有这四个鬼子吗？爷爷又倾听了一番，爷爷确信只有四个鬼子后，爷爷明白了等待面临的危险。爷爷再也不顾及爷爷的爷爷的反对，抬头去寻找一份鼓励，寻找一份信心，寻找一份支持。

爷爷的眼光在走过许多眼光之后，他们的眼光相遇了。爷爷从那双眼睛里看到了一份期待和忧郁，更多的是鼓励和支持。爷爷的心中顿时豪气冲天。于是，在祠堂的门口鬼子稍一松懈的一刹那，他们便不约而同地冲了过去。爷爷扑倒了一个鬼子，那人"刷、刷、刷"地撂倒三个。解决了鬼子，那人来不及和爷爷打声招呼，立即带领全屯一千多人迅速转移到屯后的大山里。

这时，躲在林子里的爷爷发现一队鬼子进村了。

这时，躲在林子里的爷爷听邻村逃出来的一个人说，全村八百多人等到最后，被鬼子全部屠杀了。

这时，躲在林子里的爷爷终于明白了那人的身份。

这时，躲在林子里的爷爷就把手中的皮箱交给了爷爷的爷爷，和那人走出了林子。在身经百战后，本欲求医的爷爷却成了一名将军。

六十四年过后，八十二岁高龄的爷爷终于见到昔日出国留学已成为医学泰斗的同窗。同窗为爷爷的一生深感惋惜。爷爷笑笑说："我不惋惜。因为那一刻使我明白：一个称职的军人有时远比医生的责任重大。"

爷爷说罢，爷爷又想起了那一刻，爷爷永远都忘不了那个人和那一刻。

"老白干"情结

　　老严是爱喝几盅酒的，有事没事他都想抿两盅。老严不是领导，老严喝的酒都是自己用工资买的，所以老严没有喝过好酒，都是那一块钱一斤的老白干。三盅就昏，两斤不醉，老严练就了一副好酒量。

　　领导知道老严爱喝酒，并且酒量很大，上面来领导了，领导就让老严去陪酒。那酒都是好酒，老严只听说过，自己却没喝过，老严接过领导递过来的杯子就喝。没想到一喝就喝醉，醉了就吐，趴在桌子边嘴里就吐了，直吐到大小领导都离开了桌子，他还不停止。以后，上级来人了，领导再也不叫他了，老严也不介意，老严就在家里喝自己的老白干，一盅接着一盅喝，喝得有滋有味。看着老严那有滋有味的神情，女人说老严命薄，老严也说自己命薄。命薄的老严虽然喝着那一块钱一斤的老白干，工作却干得红红火火。

　　因了那老白干，老严工作干得红火火；也因了那老白干，老严始终干不上去。干不上去了，老严也不在乎，他只在乎有没有老白干。有了老白干，工作就有了劲儿；有了老白干，老严也不怕得罪领导和那些说情的人，每件事情都干得干净利落。每每看见悻悻而去的领导和黑着脸的说话人，老严就一盅一盅地喝着自己的老白干，心里舒服得要死。舒服的老严就咂吧咂吧嘴冲着女人说，这老白干真不错呀，这辈子怕是离不开老白干了。

后来，也许是因为老白干的原因，老严的胃坏了，老白干就没有可存放的地方了，老严不得不告别老白干。没有了老白干，老严好像丢了魂儿，也没了威力，老严就被过去的领导调出了刑警队。离开了刑警队，老严三转两转地转进了反贪局。很想念刑警队的老严也很喜欢反贪局的工作。老严不喜欢贪官污吏，可他到了反贪局后，却喜欢和他们打交道，就像早先在刑警队时喜欢那些罪犯一样，总想找个机会把他们收拾一顿。老严刚入门的时候，总是干得很起劲。可惜，终究是不喝老白干了，老严常常显得力不从心。常常是费神费力地弄好了一个案子，揪住了老鼠并不光滑的尾巴，满以为可以端掉一窝老鼠呢，没想到还是让那老鼠跑了。老严的心里就很惭愧，老严常常想起那时拥有老白干的日子，那时的日子真是滋润。于是，老严就偷偷地拿回了一瓶老白干。闻着老白干的醇香，老严不想白干，更不想当"老白干"。每次听到朋友轻蔑地喊他"老白干"时，他都想起当初在刑警队喝老白干的日子，那时谁不敬重他三分。而现在呢，连老婆儿子都笑他是"老白干"。白干没意思，老白干更是没意思。没意思的老严就去买了好多的老白干放在自己的办公室里，有事没事他都抿上几口。老严已不胜酒力了，三口两口的就迷迷糊糊的了。

老白干真的管用，喝了老白干的老严又像往日一样虎虎生威了。别看他迷迷糊糊不得醒的样子，可他经手的案子却办得丝丝相扣、滴水不漏。遇上领导或是朋友求情了，老严就低着头去喝他的老白干，一盅挨着一盅喝。几盅下去，老严就迷糊了，迷迷糊糊的老严生生是把那案子办成清清朗朗的铁案子。办成了铁案子，老严就不会白干了，不白干了，谁都不能再喊他"老白干"了。老严逮住了一窝一窝的老鼠后，单位也有了光彩，同事们也有了光彩，同事们就准备向老严表示一下自己的敬意。敬什么呢，老严爱抿几口。于是，同事们就凑份子给老严买了两瓶上好的酒。

老严真的命薄，平时的老白干喝了那么多也不见有事，可这好酒一盅就喝坏了。老严喝坏了，同事就想起老严平时喝的老白干，他们不顾老严的反对开了老严的一瓶老白干。老白干打开了，他们才发现老严那老白干竟然是凉开水。可是他们谁也没吱声，他们一盅挨着一盅把那瓶水喝了。喝完了水，他们一个个都变得迷迷糊糊的却又虎虎生威了。

报 答

胡而立局长听说余老师进城来打工的消息后，他立即通知秘书安排了一下，决定把他的老师好好地招待一顿，以感谢余老师对他如山的情意。

胡而立十岁的时候，父亲死了，家里穷得掏不出学费上学。他游手好闲地满村子晃悠，谁见了他都烦，他见了谁也烦。烦到最后，他就开始干坏事。起初是偷偷别人的蔬菜瓜果，后来就偷鸡摸狗，直到有一天被送进了派出所。他只有十岁，派出所拿他也没有别的办法，只好通知学校去领人。他没上学，学校完全可以不管，可学校新来的余老师还是去把他领回了学校。

领回了学校，他就算是入了学，成了学校的一名正式学生。余老师不仅给他缴了学费，而且为他购买了学习用品，课余饭后还为他补习功课。胡而立很乖觉，知道自己的学习机会来之不易，他就用双倍的努力来回报余老师的关怀。他也很聪明，仅用了三年的时间就完成了小学六年的功课，第四年就以优异的成绩考上乡里的初中。

考上了初中，家里还是没有钱。他虽然想上学，再也不好意思再去找余老师了，就流着泪把通知书烧了。他知道，像他一样年纪的孩子也应该为家里做一点什么了。可是，开学的时候到了，余老师又找到他，要他继续去上学。余老师说他极有灵气，将来一定会念出点名堂。至于学费嘛，我们共同想办法。

就这样，他又进了中学。他知道像他这样的孩子早就上不了学了，要不是余老师，他根本就没有上学的机会。他知道，余老师不仅支持他上学，还帮助别人。因此，他在学校努力地学习，放学了就上山砍柴挖药，尽量地减轻余老师的负担。可是，课余的时间不是很多，他的能力也不大，挣来的钱也解不了饥荒，更多的时候还是靠余老师的资助。他知道自己现在没有能力报答余老师，他就加倍努力地学习，用自己优异的成绩来回报余老师的恩情。

那时的他确实努力，他不仅年年是第一，他还用全乡第一的成绩考上了高中，而且以全县第一的成绩考上了大学。他虽然是那个小山村考上的唯一一个大学生，面对那一大笔学费却没有一个人愿意帮他。为了筹集学费，他跑了许多的路，也受尽了屈辱。就在他要绝望的时候，又是余老师把准备结婚的钱借给他做了学费。当他拿着那笔钱告别余老师的时候，他什么也没有说，他唯有毕业后好好报答余老师了。

可是，待到他大学毕业参加工作了，他要还账了，还没有开始还呢，而他又要结婚，结婚不久呢，又领了孩子，孩子还没有上学呢，又要买房子。事情一件接着一件，既没有能力，也没有机会。后来呢，经济上虽然轻松了，官场上又多了一份应酬，有心想请余老师到省城来转一转，余老师却拒绝了。有心想回去看看吧，他又担心惹来一些不必要的麻烦。再后来呢，官做大了，余老师的恩情虽然不曾忘却，可是那份情感却一日日地淡漠了。

没想到就在这时，余老师突然来到了省城。往事又潮水般漫起。他一辈子都不会忘记，如果没有余老师对他的帮助，也没有他胡而立的今天。因此，他亲自到余老师居住的地方，把余老师接到省城最好的酒店，他要用最高的标准来接待余老师，以报答余老师的情谊，他已经具有这个能力了。

他没有想到余老师是领着一帮十一二岁的学生来打工挣学费的，而且年年都来。见了那些孩子，他立即就想起自己的童年，心里就有了一种说不出的感觉，他就连那些孩子一起请到了酒店。在酒店里，他讲了自己苦难的童年，讲了余老师的帮助。为了那些孩子，他也不无骄傲地介绍了自己的现在。他希望那些孩子能够珍惜自己的机会，将来用自己的成功来报答余老师。

胡局长说到这里的时候，服务员端来了菜，也上好了酒。看着那满桌的美味佳肴，不仅是那些孩子，就连余老师的眼睛也直了。一个孩子擦了一把哈喇子，小声说，这些菜大概需要一百多元钱吧。胡局长轻轻一笑，说，一百元？一百元你连这个酒店的大门都不得进。再说了，我能用一百元的水平来报答我的老师？那个孩子胆怯地问，那需要多少钱？胡局长笑笑说，不多，不算酒水是一万二。那个孩子吐吐舌头，喃喃地说，那么多。胡局长骄傲地说，不多，我希望你将来长大了能用更高的标准来报答余老师。那孩子一笑，那肯定，等我将来当了官，我给余老师摆三万元的酒席报答余老师。

那孩子说罢就回过头去看余老师，余老师拍拍他的头，说，等你将来长大了，余老师不吃你的酒席。只要你能救助一个失学的孩子，就算是对老师最好的报答了。说罢，余老师头也不回地就走了。余老师走了，那些孩子也跟着余老师走了。

回　乡

　　王市长轻车简从回到小镇绝不是没有衣锦还乡的意思，而是想把这种意思表现得含蓄一点，以免留下一些话柄，不然日理万机的他，就没有回小镇的必要了。

　　王市长童年的时候曾在小镇住过两年，那时候他只有七八岁，也不是市长，而是和黑蛋、狗蛋相差无几的铁蛋。父亲被打成走资派后，母亲戴着一顶右派帽子和他来到小镇。因为母亲有满脑子的好文墨，右派就成了学校的老师，成了老师的母亲不仅没有受到小镇人的歧视，而且还受到小镇人的尊敬，就连他也颇受人们的喜爱，但那些日子在他心里仍然是一个创伤。他常说，没有在小镇所受的屈辱，就没有今天的成绩和地位；没有在小镇受到的歧视，也没有今天这个市长。想象之中小镇给予他的屈辱和歧视成了他前进的动力，小镇给他的坎坷也成了他骄傲的资本。

　　因此，他当上市长的第一件事情，就是想回小镇，想体味一番衣锦还乡的滋味。因为，一个市长在他父母居住的大院里并不耀眼，而在小镇乃至小镇所在的这个偏远小县却是绝无仅有的。可是，当上市长以来，他每天都在忙，日理万机地忙，整天忙些说不清的事情，实在是抽不出一点时间，也难了心头之愿。

　　今天，他终于抽出一点时间回到小镇。眼前的小镇变了，青石板的小街被水泥硬化了，过去的破烂瓦房换上了好多的楼房，摩登的姑娘与州城的相差无几，以往的痕迹已难寻觅。王市长心里顿时充满遗憾。遗憾小镇变得太快也太好了，遗憾这些变化与自己毫无关系。其实，王市长遗憾的事情真的太多了，他虽然当过许多的官，却没干出什么事。他虽然当了两年的市长，也只是讲了两年的话，拍了两年的电视。工作成绩虽然没有，报纸上却是天天有他的照片，电视里天天有他的影子，弄得像个名演员似的，无人不知、无人不晓。

也正是如此吧，王市长虽然是独自走在小镇的街道上，小镇的人显得很是热情，纷纷和他打招呼，还不断地问候他母亲，虽然没有一个人喊他王市长，也没有人喊他的大名。可热情的笑脸和滚烫的话语让他幸福、让他自豪。他觉得自己回乡是正确的，他想展示一番当初的铁蛋、现在的市长的威仪。他昂首挺胸从街头走到街尾，又从街尾晃到街头，那越来越热情的笑脸使他的心里热乎乎的。这时，他后悔自己没带记者来。王市长出门没有不带记者的习惯，他想今天要是带上几个记者，那些热情的场面拍成录像可以上中央电视台，那些照片也会上《人民日报》，那时，一向严厉的母亲说不定也会跷起大拇指。

想到这儿，王市长来到一个电话亭，他想打个电话招来几名记者。拿起了话筒，守电话的老人就热情地递上一听饮料。握着清凉的饮料，王市长禁不住问了一句：

"老人家，小镇人常看市电视台吗?"

"不看，市电视台都是领导在拍戏。"

"常看市报吗?"

"不看，市报都是领导的讲话。"

"那你们——怎么知道我?"

"我们不知道你现在是什么，我只知道你长得像你妈。你妈在我们这儿教过书，我们都记得她，也都记得她的恩情。因此，我们见了你，我们就想到了你妈。"

老人说罢，又关切地问起了他的母亲。王市长却低着头走了，他的心里涌起一阵阵酸甜苦辣。

画　殇

当他知道儿子那么醉心于绘画后，他就后悔自己当初不该留下那支画笔。

他本来是个画家，一个不知名的画家。为了自己心爱的绘画艺术，他把自己的精力和财力全部集中到读万卷书、行万里路上。他背负着妻子的希望，行走在名山大川之间。他在山水之间寻觅到了一个个灵感，他在山水之间也创作出一幅幅的作品。看着那一幅幅饱蘸着自己心血的作品，朋友们都惊叹他的才华。于是，他又借了一笔钱，计划在省城最负盛名的"美术家画廊"搞一次个人展。想象着画展热闹的场面和美术界的赞誉，他情不自禁地流下了泪水。

可是，观看画展的人虽然很多，美术界却是一片喑哑，新闻界也是熟视无睹，只有几家不起眼的小报在不起眼的地方发了一百余字的简讯。

他知道什么原因，但他不忍心告诉妻子什么原因。不明真相的妻子呢，又不能承受他失败的打击，撇下嗷嗷待哺的儿子弃他而去了。妻子走了，他一把火烧毁了那些饱蘸着他心血的作品，带着一支画笔跳下了海。

海水虽然凶险苦涩，经历了那场风波后，他感觉游刃有余。得了空闲，他仍然不忘自己的画家梦，常常拿着干枯的画笔在手里把玩着，就是不着油彩。后来，儿子大了，他就莫名其妙地教起了儿子。真不愧是他的儿子,儿子竟然也有绘画的天赋,手握画笔信笔涂抹,竟然有款有型。看到儿子具有这份天赋后,他不再指导儿子,任他信笔涂鸦求得自乐,他不想儿子再当什么画家。

令他没有想到的是,儿子竟然有绘画的天才,即使没有老师指导,儿子也画得十分的出色。看着儿子的画作,他几欲要求儿子不要画了。等儿子伸手要钱买油彩时,他又不忍拒绝。儿子没人管教,就十分听话,学习、生活没有让他费半点心思。纵然自己现在富甲一方,除了画画买油彩,儿子也不乱花他的一分钱。儿子的画技像野地里的蒿草恣意成长。他看到儿子领回来的各种各样的证书。看着那一摞摞的证书,他严肃地告诉儿子:"把绘画作为一种爱好可以,绝不能把它作为事业。"儿子说:"我画画只是为了玩。"

儿子嘴里虽然这么说着,但儿子的心里已经把绘画当做了自己的理想。因此,高中毕业报考大学的时候,儿子和他发生了激烈的冲突。他要求儿子报美术学院以外的任何一个学校,学习企业管理,儿子却坚决要考美术学校搞美术。后来他利用一切手段使儿子屈服了他,可高考时儿子的文化课却是一塌糊涂,只有美术专业得了高分。儿子如愿以偿进了美术学院。

儿子进了美术学院,他依然是耿耿于怀。他找到儿子,要求给儿子转学。凭着他手里拥有的资产,他可以把儿子转到省里任何一所大学。儿子说什么也不答应。儿子说,我觉得搞艺术是最高尚的,神圣、纯洁,受人尊敬。看着儿子那坚毅的眼光,他违心地说,儿子你不具备那份才能。再说,做一个成功的商人也同样受人尊敬。儿子张开嘴想说什么,却闭上了嘴。他知道儿子想说什么,因为美院的教授不止一次地赞美过儿子的天赋。他告诉儿子:"儿子,我知道你想说你有这方面的天才,我也不跟你争。我现在给你在美术家画廊搞一次个展,如果你的画展得到了专家的认可,哪怕就是一星半点的赞誉,我就同意你学画。如果被否定,你就转学。"也许是儿子理解了他的苦心,也许是儿子想证实自己的能力,儿子答应了。

三个月后，儿子的画展终于开展了。由于他提前在各大报刊刊登了广告，来参观展览的人很多，美术界也来了许多的高人，就连具有国际声望的油画大师黄先生也来了。当他陪着黄先生走进画廊的时候，他发现儿子眼里不仅有着一份感激，也有着一份恐慌。因为谁都知道，如果有谁能得到黄先生的肯定，谁无疑就是一举成名。他知道儿子虽然不期望一举成名，可黄先生的指导一定使他受益终生。他挥手招来儿子，让儿子和自己一起陪着黄先生参观画展。

　　黄先生虽然仔细参观了画展，黄先生一句话没说。当那些记者问及他的观感时，黄先生也未置一词。因为黄先生未置一词，参观画展的记者很多，可所有的媒体都没有任何消息。就连儿子的教授应报社约稿精心撰写的评论文章，也被报社退了回来。他看到儿子那痛苦的神情，他真想成全儿子的追求，可一想到黄先生，他一咬牙就走了。来到黄先生的家，他把已准备好的两万块钱递了过去。黄老师接过钱掂了掂，一笑，说："你儿子也许真是一个天才呢？"

　　他一笑，说："天才又能咋的？"

　　黄先生笑说："艺术家终究比一个商人更有价值，更受人尊敬。"

　　他又一笑，说："二十年前，你因为我没有给您封红包，毁掉了一个天才。二十年后的今天，你又因区区两万元钱，又扼杀了一个天才。你还能说艺术家有价值吗？任何一个成功的商人，绝不会因为这一点小钱，出卖自己的良心。"

　　说罢，他转身就走了。走出门外，他意外地看见了满眼泪水的儿子。他想，儿子一定听到了他们的对话，他不知如何是好。这时，儿子却擦去泪说：

　　"走吧，我再不画画了。"

　　听了儿子的话，"刷"的一下，他也是泪流满面。

刘三进城

　　刘三是我的侄子，又是我的学生。刘三自小就十分调皮，从来不把心事放在学习上，整天只想着怎么进城、怎么过城里的好日子。于是，我就告诉他，要想到城里去过那好日子，你现在就得好好学习，将来考上大学了，你才能进城。他看了看我，又笑了笑，说，那你当时考上大学了怎么不进城，人家老许他们家里的孩子没有一个上大学的，一个一个都进了城。说完，他就瞪着眼睛看着我、等待我回答，我呢，却瞪着眼睛看着他，一句话也说不出来。

　　既然顶赢了我，刘三就更不好好学了。等到他明白过来已经迟了，受完了九年义务教育他就回了家，整天袖着手满村子转悠。我担心他转悠坏了，就把自己准备活动进城的经费借给他，让他买了一辆"飞毛腿"农用车去跑运输。我想，一年半载还了钱，他就有了一条挣钱的门路。半年过后，刘三又找到我，我以为他是来还钱呢，没想到他又来借钱。原来，农村的活本来就少，车辆负担的税费又重，他跑了半年的车，不仅没有挣下钱，反而落下了一屁股的账。我替他还了账，就劝他进城，城里我的同学有的在搞建筑，找一点活挣几个小钱是不成问题的。末了，我又说，反正你早就想进城了，这也是进城的一条路子。

　　就这样，刘三进了城。刘三虽然进了城，可他还是三天两头回来找我，因为刘三的车三天两头就被人扣了，不是交警，就是城管，就连工商也要找个机会抠他几个钱。每次扣了车，他就回来找我让我想办法。我三天两头进城帮他想办法，也帮他交罚款，一个月下来，他又赔了几百块。看到他目前的这个现状，我说，不行了就回去种地，看来不上大学这城里还是难混。刘三一笑，说，我现在已经摸出了窍门，我还是在城里混吧。

也许刘三真的摸到了什么窍门，以后真的没有找我。刘三不找我了，我又很担心起他了，担心他在城里学坏。况且，他还借了我几千块钱呢。我就打电话问我城里的同学。同学说，你还不知道哇，刘三早把车卖了，进交警队了。我急忙问，怎么可能呢，他怎么能进交警队？同学也说不清楚，我只好连夜赶到城里，我担心他在城里惹了什么祸。可我刚一下车，我就发现了刘三，他穿着一身警服冲着几个农用车车主高声地吼叫着。我急忙走过去拦住他，问他怎么会是这样。

原来，刘三利用罚款的机会和交警队的队长熟悉了，凭着他那点小机灵，慢慢地又和队长拉上了关系。有了这层关系，刘三的车就没有人再罚了。没有人罚款了，刘三就挣了一点钱。刘三有了钱，自然不会忘记那队长的好处，时不时地就买一点东西去孝敬孝敬队长，再帮队长干一些家务。一来二去的，刘三就和队长成了铁哥们儿。于是，队长就想办法弄了一个合同工指标，把他弄进了交警队。我一听，感到很奇怪，说："怎么可能，堂堂执法机关怎么还要合同工？"刘三说："你太老外了，我们交警队有三分之一是合同工，好多还转了正。我们队长说了，等过几天给我买一个户口，再招一个工，就把我正式调进交警队。"我知道现在好多的大学毕业生都无法安排，更何况是一个普通的打工仔，就说："这不过是你们队长哄你玩的，你还是踏踏实实挣一点钱吧。"刘三笑了笑，说："你不知道我们队长牛皮得很，他没有必要哄我。当然，挣钱是第一，现在比跑车强多了。不过，借你的钱我准备买户口，等过了这一阵子再还你。"我看了看刘三，知道再说什么也没有用，等到他撞到南墙之后就会回头的。

不久，刘三就回来了。刘三并没有撞上南墙，而是真正地调进了交警队。当刘三把他的调动文件摆在我面前时，我怎么也不相信这是真的。当我明白这是真的以后，我的自尊受到了极大的伤害，就问刘三："你这花了多少钱？"刘三一笑，说："不多，才两万。"我又问："两万还少？"刘三一笑，说："比上大学便宜吧，上大学至少得四万。四万还不包分配，分配了也不过是那一个偏远的乡下。"刘三说罢，意气风发地走了，撇下我站在那里不知说什么好。

刁　民

　　老汤还没有上任就听说古槐乡不但乡穷，乡民还刁。领导说已有三位乡长被村民告翻了，让他上任后注意工作方法。

　　乡穷，乡长的名号还是挺诱人，老汤心里还是蛮高兴的。至于刁嘛，他说他不仅喜欢当乡长，他主要是想干事。当官干好事，怕他刁甚？领导笑笑说，想法很好，干起来很难。

　　真的很难。不难的话，山上不会是这个样子。树木砍光了，药材挖空了，山石间的屹崂也被抠出来种成了庄稼了。而庄稼贱得不如让地长草，长草还可以领一份口粮。可人们还在不停地种，种得树没了，草没了，种得河水成了老碗粗的一股股，种得房后的山坡裂开一道道缝隙，仍然是填了缝隙继续种。

　　不种地又干什么呢？劳动惯了，一天不种地，手发痒；三天不种地，腰就痛；要是十天半月不种地，啥毛病都出来了。力气嘛，是用了来，来了又用。闲着也是闲着，便宜贵贱不算那账。

　　可老汤要算账。老汤把账算得明明白白。账算明白了，他就劝农民种药材，他说种一年药材胜过种三年粮。农民听了他的话，"嘿嘿"一笑后，低下头去吸烟。老汤以为农民都听进去了，老汤又开始算账，直算得他口干舌燥、嗓子眼儿冒烟，会场上才清静了。

汤乡长，你莫不是想卖苗子吧？有人甩过一句话来。

苗子已经定好了，本地苗子产量低。老汤说。

怪不得你把账算得怎精，你心里还有一本账吧？那一年搞白果，王乡长每株苗子赚五块不说，还是野生苗子。末了检察院插手了，王乡长生生是把钱退给贩子都不给我们。那人又说。

这次是订单农业，苗子他提供，产品他回收，我们见了效益再给苗子钱。老汤急忙解释。

你说的比唱的都好听，那一年卖核桃苗子也是这样说。后来核桃我们没见一个，贷款都翻了十倍。气得我们去找原来的乡长，乡长却到外地当副县长去了，我们咬掉了舌头往肚子里咽。

我给你们担保，绝不存在问题。老汤说。

今天你说担保，明天你就可能去外乡当书记，后天你去当局长、县长，我们哪里找你？

就是呀，你今天种二花，明天胡乡长种花椒，后天柴乡长来了要种大棚菜，弄得我们钱没挣着，反而落下一勾子账。

……

没等他张嘴，农民的话像砖头一样甩过来，砸得他心痛。他知道农民说的都是实情，他无力分辩，他恨不得把自己的心掏出来让他们看，可他们不看，三三两两地走了，独剩他坐在那儿吸溜着牙。

后来，他又做了很多的工作，农民们仍然不买他的账。他就沿用了别人的办法——摊派到户。

这时老汤才发现这里的农民真的很刁，他的办法不仅没行通，却惹得农民到处告状。上级党委、政府、人大、政协及新闻媒体，到处都有告他的材料，把一个一文不名的乡长立马告得声名远扬了，县里一纸公文把老汤撸了。他呢，虽然有一肚子的气也做声不得，只好去找会计领了工资，准备走人。

可就在老汤准备走人的时候，天下起了大雨。雨铺天盖地，来势凶猛，接着县里的电话也来了，要求乡领导做好防汛工作。书记学习去了，新乡长没有到位，几个副领导都没在家，老汤只好卸了行李抓防汛。老汤上任虽然只有四个月，可乡里的情况他都熟悉。他凭着乡长的余威，把干部派到村，自己就去了二里坡。二里坡是一个过度开荒后形成的滑坡体，坡上住了四五户人家，乡里早就想搬迁，就是没钱，一下雨就成了一个隐患。

老汤赶到二里坡时，雨越下越大，河水已经暴涨，裸露的山坡上不时有飞石滚落，老汤要求群众尽快搬迁。破家值千金，谁也不愿意离开。雨越下越大，无奈的老汤只好组织村干部强行搬迁。眼见搬完了，最后一户老汉说什么也不愿搬。老汉的家破得真不叫家。可破家也是家呀，老汉说什么也不搬。老汉说，我搬出去了，谁给我盖房子？老汤说，政府给你盖。老汉说，你调走了说话不算数。老汤看看天，又看看老人，情急之下掏出自己刚领的工资，说，这东西该算数吧？老汉有了钱，就跟老汤走了。也就在他们刚搬出二里坡，泥石流就来了，老汉的房子刹那间也变成了一股浊流。疲惫的老汤见了，身子一歪，也晕了过去。

老汤醒来，已是两天之后了。雨住了，天晴了，醒来的老汤睁开眼就看见了那倔犟的老汉。

汤乡长，我们把二花栽了。老汉搓搓手说。

想通了？老汤笑着问。

啥想通了，乡里乡亲都说你是好人，我们就是赔钱也要栽，不然就对不起你的一片好心。老汉喃喃地说。

老汤听了老汉的话，泪水"刷"地就流了出来。他想，这哪里是刁民，只要你真心给他们办事，他恨不能把心都让你吃了。

告 状

大王准备告状。

大王是在领导三番五次拒绝把他儿子安排在他们单位后，才决定告状的。

大王的儿子是电大生，电大生和统招生今年都是不包分配的，况且单位都超了编，大王还想把儿子安插进单位，领导自然是不答应。不答应了大王就准备给领导送礼，领导不收，后来大王就威胁领导，领导还是不答应。领导是个好领导，好领导都很讲原则，大王没有别的办法。实在没办法了，大王就准备告状。大王想，把那软硬不吃的好领导告走了，换成坏领导，那时让他再腐败一次，啥原则都没有了，事情就能办了。

大王告状很不忍心，为了儿子的锦绣前程他还是昧着良心告。告什么呢？他想还是告一些小事吧。大凡好领导上面都没有后台，一件小事就可以把他弄走。再说，领导是个好领导。好领导倒台是一件很可惜的事，他不想把领导弄倒，他只想让好领导给坏领导让一条路，好给自己办一件事情。他还想，等事情办好了，好领导又会回来领导自己的。

大王想法很好。可是，事情办得不好。那些无关痛痒的事情告上去后，也没见谁来调查。大王急了，他不相信好领导上面还有那么多的好人缘儿保他，大王又准备材料又准备告。这次，大王把事实扩大了一倍，他想，事情小了是告不走的。

大王这次还是没把事情办成。上级倒是派人来了，来人也查了领导的事情，都是编的。领导屁事都没有。大王没有办法了，他就把事情翻两番，铺天盖地地告。他知道这样可能把好领导弄翻，可他管不了这么多了，好领导不走，坏领导就不得来，不来坏领导，他这不符合政策的事就办不成。这会儿，大王觉得坏领导还是挺可爱的，可爱的坏领导收了礼就可以不要原则乱办事。好在大王以前写过小说，联想十分丰富，这次就把状子写得很厉害。他想，这状子就是市长，我也能把他扳倒。

这份材料的威力真的很大，而且又是遍地开花，到处投放。材料寄出不久，省调查组来了，市调查组来了，县调查组也来了，就连有关记者也纷纷涌来采访。大王心里虽然觉得挺对不起领导，可为了儿子的前程，他还是准备牺牲领导的名声。于是，每每看到进进出出的领导和记者，他心里就高兴得想笑，他想领导这次走定了，不走也让自己搅走了。偶尔，大王也想，说不定领导也许真的做了许多坏事我们不知道呢？那时，我大王就成了反贪英雄。大王想到这儿，情不自禁地笑了，笑得很是得意。

大王的状子真的起了作用，领导被调走了。上级查出那个领导是个好领导后，领导被调到县里当了副县长。领导提拔了，大王听说后，心里的那个高兴呀，真是没法说。

好领导有了好报，单位来了新领导，那事就好办了。因此，大王就买了重重的礼品去给新领导送礼。几次三番三番几次，新领导总是不收，而且也不给他办事。大王气急了，气急了的大王又去威胁新领导，新领导还是不答应。大王才明白这新领导是好领导提拔的，好领导提拔的领导也多半是好领导。大王更觉得好领导真的不好了。好领导确实没有坏领导好，坏领导收了钱就能办事，好领导不行。于是，他心里就再也没有好领导了，满世界都是坏领导，是坏领导大王就起劲儿告，满世界地告，有事没事他都告。末了，大王成了一个告状专业户了。成了告状专业户的大王常常说："世上没有好领导，是好领导我也要把他告成坏领导！"

扶　贫

　　扶贫工作队要给金盆村建一所学校的消息传开后，村长王三拐子激动不已。他想自己在任期间办上一所学校，再盖一座教学楼，娃娃念书不用到外村受那份洋罪事小，日后再出上几个人才，那才是一件功德无量的事情呢。

　　金盆村是个自然村，三四十户人家被甩在倒流河一个野吊的山洼里。村小，又穷，办不起一所学校，二十几个娃娃年年读书都是到十里以外的金河村。路远不说，还很危险，一挨下雨下雪的天气，那学就没法上了。年年都有娃娃上学，年年没有一个娃娃念出个名堂。

　　娃娃念不出个名堂了，村里人建学校的希望更加急切了。一所学校少说也得花上一万两万的，哪里有闲钱？建学校的希望就一直拖着，直拖到前年五保户王跛子死了，村里得了两间石板房，村长到乡里要了一名老师，才办起了一所学校，娃娃才不用受罪到外村上学了。

　　没想到学校刚开办，市里的扶贫工作队就来了，还说无偿给他们盖一所学校，要盖成青砖红瓦玻璃窗子的洋房子学校。村里人听说了，都急急地回去，忙着杀鸡，忙着宰羊，家家户户搞比赛一般招待扶贫工作队，即将建成的洋学校就在饭桌子上说得更为详尽细致了。

　　扶贫工作队工作做得很深入，忙着搞设计，急着搞规划。村民们见了，就围着村长找道士选地基。金盆村的土地本来就金贵，但是为了盖学校，村民一致同意把最好的地让出来。村长选好了地基，工作队也画好了图纸，只要钱一到手，就可以立马动工了。于是，扶贫工作队准备回单位弄钱。走的时候，村长王三拐子自己掏钱买了好多野物给工作队，村民们还自发地送上了好多土特产，他们说工作队给我们盖洋房子的学校呢，我们岂能让人家空手回去。

工作队很快就回来了，回来给他们带了很大数额的存款折子和几个扛着机器的记者。工作队说是记者要录像，让村民把村里的人都喊出来，村长就举着那个存折满村子吆喝。满村子的大人娃娃都来了，村长觉得还不过瘾，又急着去把瘫了十年的老娘也背来了。村里人都来了，工作队的队长就把写了"10000 元"的折子交给了村长。性急的村长接过折子，就吆喝着跳进选好的地基，把那棵古树砍了，把那快熟的庄稼也割了，就连刚栽上的菜也给拔了。他说，盖学校是千百年的大事呢，可不能耽误了工期，影响了娃娃的前程。

该给的给了，该做的也做了，记者还拍下了许多意想不到的好镜头，可是回头再看那两间破旧的石板房学校时，记者觉得很惋惜，说："要是盖新的把旧的一拆，再拍一组镜头，岂不更好？"村民们听了，看看村长手里的折子，就一拥而上，把那旧房子也拆了。他们想，新房子很快就会盖起来的，拆了怕甚。

遗憾的是旧房子拆了，新房却始终没有盖。扶贫工作队的那张巨大数额的存折是个没用的东西。不仅乡里取不来钱，县里也取不来钱，市里扶贫工作队单位也取不来钱。两间石板房的老学校拆了，青砖红瓦玻璃窗子的洋房子也成了泡影。这时，乡上上报的报表里金盆村已脱贫了，扶贫工作队再也不来了，而金盆村的娃娃再次上学的时候，依然是到十里以外的金河村。路远不说，还很危险，年年都有娃娃上学，年年都没得一个娃娃念出名堂。

开　会

　　甲领导一进办公室，心里就有一件事堵得慌。什么事呢？甲领导也说不清，反正是有事。甲领导就坐在老板桌前抓耳挠腮，怎么也想不起来有什么事。想不起来的甲领导就泡了一杯浓茶，又点燃了一支烟，细细地想，还是想不起来。于是，甲领导想，也许真的没事。没事了就好，甲领导喝罢了水、抽罢了烟，就想去看看报纸，了解了解国家大事。可报纸翻来覆去，他就是看不进去，心里仍然堵得慌，甲领导就觉得真的有事。甲领导觉得有事又想不起来啥事，甲领导就叫来罗秘书，问今天有什么事情没有，末了，还翻了翻记事本，又查了许久，还是没有查出什么事情。甲领导的脸就变了，变了脸的领导紧接着就是电闪雷鸣了。罗秘书知道甲领导的这个特性，罗秘书也终于明白了甲领导的心思，罗秘书就说：

　　"是不是该开会了？"

　　"哟，真的，是该开会了，我怎么就把这事忘了呢。"

　　甲领导说罢，就笑笑让秘书走了，他要想召开什么会。开什么会呢？甲领导又坐在老板桌前，一边抽烟，一边喝茶，一边想，直想得抽完了一包烟，喝完了两壶水，抠掉一缕黑头发，他还是没有想出开什么会。开什么会呢？该开的都开了，不该开的也开了，一年十二个月把九个月都用来开会了，哪还有会开呢？甲领导想不起来该开什么会。想不起来的甲领导就觉得问题很严重了，试想，一年十二个月已经开了九个月的会了，还有三个月没有会开，那三个月该干什么呢，总不能让同志们都失业吧？

甲领导发现了问题的严重性，但仍然想象不出来该召开什么会议，甲领导就找来了乙领导。乙领导也想了许久，也想不出来该开什么会。开什么会呢？什么会都开了。什么会都开了，那剩下的三个月干什么呢？他们想象不出来，想不出来了他们又找来丙领导。丙领导来了，丙领导又想了许久，还是想不出来。该开的不该开的会都开了，还开什么会呢？丙领导还是想象不出来。丙领导想不出来，又找来丁领导，丁领导想不出来了又找来戊领导，后来干脆开起了班子会，又讨论了三天三夜，仍然没有讨论出该开什么会。他们没有想出该开什么会，本来就很着急，没想到上级领导又来电话催了，问最近怎么不开会了，电视报纸也不报道，你们可是开会先进单位呀！领导们就更着急了，着急的领导们火没处发了，就一个个冲着罗秘书吼。罗秘书也没法子，罗秘书还等着领导定调子好给领导写讲话，没想到领导没想出开会的理由，自己倒成了领导的出气筒子，罗秘书就恶作剧地说：

"不如召开一个征集会议议题的大会，广泛开展征求会议议题的活动。"

秘书说罢，就后悔万分。他想，这又该挨批了，说不定领导还要扣他这个月的会议奖金。没想到领导听了却十分高兴，甲领导带头鼓起了掌，后面的领导也跟着鼓起了掌，掌声热烈得差一点把楼顶子都掀翻了。

甲领导说："你这个议题好，解决了目前的燃眉之急。"

乙领导说："你这个议题富有创意，围绕这个活动，我们至少可以开好五个以上的会，比如动员会，各个阶段的转战会，经验交流会，还有一个表彰会，够我们忙乎一段时间了。"

丙领导说："你这个议题创意深刻，围绕这个活动我们不仅可以开好一连串的几个会，我们还可以征集到更多的开会议题，不仅可以超额完成今年的开会任务，而且在新的世纪实现会议工作开门红。"

嗣后，"征求会议议题"的群众活动就轰轰烈烈地开展起来了。不到十天时间，征集到的会议议题数以万计，他们不仅保证了后三个月的会议议题，而且还编制了十五年的会议发展工作规划，他们决心要使自己的会议水平在二十一世纪赶超世界先进水平。而罗秘书呢，也因为一个精辟的点子被提拔为领导了，也更加热情、更加积极地忙着召开或者参加各种会议了。

少年梦·青春梦·中国梦——中国故事
[刘立勤] 最美的教师

他为什么下岗

喊了几年的事业单位改革，终于不声不响地搞起来了，文创室的人都有了这种感觉。平日里谁都喊着不把这份工作当个啥，现在面临减负下岗了，谁都把它看得比命都珍贵，有事没事都做出一副重任在肩的样子，以示自己工作的重要性。这么一来，反而闲了平时忙得像个陀螺似的余非，得了许多的时间读了好多的书，也写了好多的文章。

其实，余非本该过这种日子。

余非是文创室的创作员，而且是唯一的创作员。当初从学校调来的时候，和善得如同老妈妈似的主任就说，我们文创室五个人，就你一个创作员，就像我们一家子养了你这么一个宝贝儿子，我们都为你服务，都围着你转。可是一上班，事情就变化了，余非这个宝贝儿子刹那间长大了，成了养家糊口的壮劳力。年头忙到年尾，又该是评先进分奖金的日子了，余非又成了不谙世事的宝贝儿子，分得一口剩汤堵住了嘴巴。

好在文创室事儿不多，余非忙完了所有事情之后，还能挤出一些时间写几篇文章。文章发表了，稿费比奖金高出许多；文章获奖了，证书也比单位的大得多、亮得多。妻子依旧是满心喜悦，余非也没有生气的缘由，反而觉得生活充实而又惬意。

只是这日子没过多久，事情又有了变化，上级提出事业单位进行改革，减少财政供养人员，确定文创室下岗一人。单位里的老同志经见得多了，就不把它当回事。余非才从教育上改行过来，就显得很着急。按说他是不用着急的，他既是文创室唯一的创作员，又是单位唯一的大学生，而且最年轻，并且在调动时攀上一条硬腿，这岗怎么也轮不着他下。可他觉得自己是创作员，是创作员就得靠作品说话。自己的作品不多，如果改革动了真格的，自己也保不准要不吃凉粉腾板凳。因此，余非想挤出时间多写一点东西。

然而，改革喊开了，事情就特别多，时间反而少。其他同志依旧是三天打鱼两天晒网，指望他这个独苗儿子撑着门面。余非除了做好单位原先的事务外，还忙着写改革方案，听改革报告，学改革经验等，工作量比过去增加了一倍，忙得团团转，好容易挤出一点时间，他不是急着读书，就是急着写文章。幸亏妻子贤淑，家务活一肩挑了不说，还忙着帮助他抄稿子寄稿子。有了妻子的这般帮助，余非的创作激情日益高涨，作品如同温棚里的蘑菇，摘了一茬又一茬。仅去年就发表作品二十多万字，稿费挣了五六千。这在省城名作家面前算不得什么，但在这偏僻小城却是了不得的大事。市长还专门抽出时间接见了他。一时间又是电视采访，又是报纸报道，余非成了本市的新闻人物。

余非这样拼命工作了两年，挣得了一副眼镜，也挣得了一身毛病，事业单位改革年初才有点动静，他更不敢松劲，依然是忙完了单位的杂事，又忙着读书，书还没读完又忙着写文章。好在文章已写顺了手，他也有了名气，半年又完成了全年任务，而且还加入省作家协会。这时，单位的改革正式开始了。

今天就是公布下岗人员名单的日子。余非在别人的恐慌中显得很轻松很自信，他想，文创室怎能没有佳作频频的创作员呢？况且他又年轻，又有学历，关系又不比别人差。因此，余非走进会议室大门时，头昂得比谁都高，笑得比谁都美，高兴地和各位同事打着招呼，一脸的得意。

然而，余非的得意并没有持续多久。原来，主任宣布余非下岗了。余非没想到这岗竟下到自己头上，于是，他就气呼呼地质问主任，主任却善巴巴地说："我们没想到动真格的，报你时觉得上级组织不会批准，没想到组织就批了。领导说，你年轻，又有学历，还写得一手好文章，你下岗了好找工作。别的同志都老了，又没能力，下岗了咋办？"末了，主任又说："再说，你就是找不着工作，写文章也能挣钱呀。我们思来想去，还是你下岗合适。"

主任说罢，就盯着余非，余非却痴愣在那里，说不出话。

抄　袭

业余作者黄文写了八年小说，总字数已近一百多万了，却无一字发表。他虽然十分难堪，却又痴心不改。仔细研究自己的习作，发现自己作品大多属于可发可不发之类，又没哥们儿姐们儿相助，篇篇都落个"必不可发"。于是，黄文一边埋头苦读中外名著提高自己，一边广泛搜集文坛信息，意欲找到一条发稿捷径。

黄文封笔三年，潜心研究，终于明白自己作品不能发表的主要原因是抄袭之风盛行于文坛。况且，抄袭之作篇篇都是好东西，编辑自然是慧眼识珠，岂可让自己的瘪谷子填补了那有限的版面，败了读者胃口。但黄文不死心，改行做了侦探，专门揭露文坛抄袭剽窃之类的卑鄙勾当，以净文坛风气，以求那帮小人让出板凳，自己再去吃凉粉，做个响当当的作家。

黄文侦破的第一例案子是一个里通外国案。一个老外头发未染，胡子没刮，叛亲离宗改了中国姓，取了中国名，堂而皇之登上某大刊物头条，唬得国人一惊一乍的。黄文本来擅长幽默讽刺，就写了一封嬉笑怒骂机警调皮而又妙语如珠的侦破笔记寄给编辑部。后来，那家杂志就把他那封信刊登了。"黄文"二字亲切醒目得让人舒坦。黄文愈想愈高兴，做侦探的决心就更加坚定了。黄文很聪明，很快掌握了抄袭、剽窃之流惯用的伎俩：总是"引进外资"、"洋为中用"，或者"古为今用"，让古人脱下长衫、穿上西服，或摇身一变成为港澳台胞，要么是走南闯北实行战略大转移，总之都是在时间和地域上玩把戏。既然摸清了门路，黄文就一发而不可收。半年就发表大作五十篇，比刘立勤发表五十篇小小说的稿费还高出一倍。况且，黄文写信又注意锻炼自己。揭发信因人因文或讽刺或调侃或婉约隐讳或明了犀利，感情饱满深刻，远比他的小说引人入胜。并且，还不时收到读者来信，还结识了一大批"欢迎赐稿"的编辑。也活该黄文财运亨通，抄袭、剽窃者愈发多了起来，黄文大有成名的迹象。

可这时，黄文出事了。事情出在他声情并茂的第一百封信上。

那封信是写给本市那家自诩为"发现和培养本市文学新人为己任"的刊物的。刊物很快登出，很快寄来稿费。正在他等待编辑来信"欢迎赐稿"时，编辑部来了封公函，有人检举他抄袭了别人的揭发信，让他"迅速退回稿费、写出书面检讨、报刊公开刊登"。

黄文拿出编辑部寄来的复印件和原稿仔细核对，无论是结构、遣词造句、标点符号，甚至排版、字号都一点不差。黄文虽未抄袭，却又自叹苦无证据无法解释，在退回稿费之后就写了封诚恳亲切的检讨。检讨写好了，他又不敢寄出。他担心检讨发表后弄得日后改行专写检讨，那就惨了。

最美的老师

我问汤老师为什么叫他"船夫"老师时，汤老师说都怪那条河。

汤老师所在的村子有一条河，河很大，水流丰沛，河上又没有桥梁连接，河东河西两岸之间人员来往依靠河边的渡船。

他是河西村的老师，本来与河东是没有联系的。可是，有一天，河东村的几个学生家长找到他，想把自己的孩子转到河西村请汤老师教。他们说，河东学校的条件太差了，留不住老师，他们害怕把孩子的前途耽误了。他们还说，汤老师书教得远近闻名，他们希望汤老师能把他们的孩子培养成人。

他虽然书教得好，可他是河西的老师，这件事他做不了主。因为河西河东是两个村，还隶属两个乡镇。他知道收了这几个学生，河东村剩下几个学生都会来了。到那时，村里镇里都会有意见了。他让那几个学生家长去找村长，他说村长答应了他没问题。私下里，他希望村长不要答应，如果河东的学生来了，他的工作量就要增加一倍。谁知道村长也耍滑头，村长说让汤老师做主。老师还能不要学生？河东的十来个学生一齐就到了河西。

河东的学生来了，工作量增加了，困难也来了。主要是教室小了，课桌凳也不够。汤老师去找村长，村长不管。村长说你答应接收的你负责解决。找到镇教办，教办说不是我们镇的学生，也让他自己解决。怎么解决？教室小学生挤一挤也能将就，桌子凳子咋办呢？总不能让学生自己带吧？汤老师只好把房后的几棵大树砍倒，做了几套桌凳，总算是把学生安排进了教室。

课桌凳解决了，新的问题又来了，河东的学生经常迟到。河东河西都没有专门摆渡的船夫，河东几个家长轮流接送，如果哪一个家长有个什么急事，学生就迟到了。再说了，有的学生家长不习水性，渡船万一有个什么问题，那真是了不得的事情。汤老师想着就害怕。

汤老师决定自己先当几天船夫。他是船家出身，水性好得不得了，他跑船学生绝对安全。他还想，待他跑上一段时间，河东村还不推选一个船夫替换他？谁知道，他接过船桨一摇就是二十五年。二十五年里，学生不停变化着，家长也在变化，就是他这个老师变不了。二十五年里有多少机会可以把河东的学生支走，他一直不忍心。

风霜雨雪二十五年，真的是不容易呀。可二十五年里他硬是没耽误学生一节课。每天早上六点准时过河，40分钟以后赶回来，七点准时上课。也有过迟到，迟到是因为天气，要么是河里涨水，要么是船出了问题。虽然迟到了，课业绝对耽误不了。他说幸亏学生争气，学生的成绩年年都名列全镇前茅，他也年年都是先进。

二十五年里他也经历了太多的风险。最危险的就是那一年船底漏水，差一点出了大事。那只老木船太老了，应该换了。他找到村长，村长让他自己解决；他找到镇教办，教办爱莫能助；他找到河东村的学生家长，想让他们想想办法，学生家长只答应不行动。就在他等待中，出事了。放学送那十多个孩子回家时，上游突发洪水，洪水的浪渣打破了船底，舱里进了水。他说，他把持船头怕翻船，幸亏有几个孩子机灵，及时想办法，才没有出事。

船实在太破了，又指望不上别人，他和老伴商量，把给儿子准备结婚的钱拿出来又贷了款，买了一条机动船。机动船真是好呀，又快又稳又安全，心里安宁。可是他们没有太多的钱，船有一点儿小，河里搞养殖的太多，船的电机经常会被渔网缠住。缠住了，无论是酷暑严寒，他都得下水去处理。这时，又苦了他的老伴，老伴会摇着木船把孩子接走。每次看见老伴摇那木船，他心里真是害怕。

二十五年里，他摆渡了三百多个学生，他把一百五十多个学生摆渡上了大学，有二十多个上了研究生，还有五个博士生。他的学生干啥子的都有。

看着他满脸的幸福和自豪，我问他有什么希望呢。

他说，想要一条大的机动船，那样的话，学生过河就安全了。他又说，自己老了，担心船在河里遇上什么意外，孩子如何是好？

揣着汤老师的希望，我把他的事迹写出来刊发在省报"寻找最美的乡村教师"栏目中。稿子见报后，汤老师的事迹引起了各方关注，有人真的要捐赠一条大机动船。汤老师给我打电话说时，我让他等待一段时间接受捐赠。因为当选"最美的乡村教师"会有一笔丰厚的奖金。汤老师说，多等一天会多一天的不安全，他担心那些孩子的安全。

汤老师没等。再次给他拍摄影像资料时，新机动船已经到位，教育局还安排了一个专职船工，新学期汤老师的事迹就显得很平常了。他也不愿意作秀补拍过去的镜头，到底没有评上"最美的乡村教师"。

汤老师虽然没有评上，可我依然觉得他是一个最美的老师。

代课教师

　　王老师是赌了一口气进城的。他本来不想进城，熬不过女人一张碎嘴不住气的嘟囔，一气之下进了城。走的时候他说，我不信自己在城里找不下一个好工作。

　　城里真是好呀，王老师在城里找到了一份自己喜欢的好工作。

　　城里的景色真好呀，灿烂迷人的灯光，鳞次栉比的高楼，穿梭如流的汽车，那般繁华景象，用任何语言描述都显得苍白。想起在课堂上给学生讲述城里的辉煌，竟然是那么的苍白，王老师很是惭愧。

　　可城里的好工作好景色留不住王老师的心。

　　王老师给女人打电话，想回乡下去。

　　女人说，你敢回来，回来让你进不了门。

　　王老师说，我住学校里不回家。

　　女人说，学校早不要你了，你回来作甚？

　　王老师蔫了，学校早已经把他辞退了，回去作甚？

　　王老师本来是个老师，准确地说是个代课老师。十八岁高中毕业回到乡下，村小就缺一个老师，乡政府派谁都不来。村支书就找到准备进城补课的他，请他帮忙代几天课。他抹不开面子，谁想这一代就甩不脱了，代了几十年。

才开始大集体还在，代课记工分，代课教师的工分高，王老师觉得很牛气。后来，大集体没有了，家家户户摊粮食抵工资，每年看见那些好的坏的来自各家各户形形色色的粮食，王老师心里就很难过。他真想离开学校进城打工，何必受那样的气。可新婚的妻子舍不得他，劝他留下，说也许有机会转成正式教师。他呢，也不想离去，就汤下面留了下来继续担当起代课老师的职责。

书虽然教得很好，一直没有转正的机会。学校的民办教师都转完了也没有他，王老师是没有入册的代课教师，根本就没有转正的可能。咋办？天下的黄土都养爷，要离开时却舍不得这个行当了，更舍不得那些学生。人常说死了张屠夫不吃浑毛猪，可这个学校还真离不开王老师。他只好拿着羞愧的工资，干着比别人更辛苦的活儿。好在羞愧的工资由乡里发了，周末课余还可以种几亩薄地，日子也将就着过活。

谁想到，全省一次性把代课教师全清退了，说是代课教师没有受过专业教育，素质差。什么话？气得王老师在家里睡了三天。他没有想到被人开除了，还说他素质差，自己带过的学生个赛个以优异成绩进了镇中学呀，素质怎么差了？再说，素质差也没有人送他们去培训呀？可是，没有地方说理。

三天后走出门，王老师想看看那些高素质的老师怎么教学的。可惜，新来的老师心思真不在教学上，他们需要一份工作，需要那份工资。反正工资一分不少，工作就三天打鱼两天晒网，有一天没一天，看着都让人伤心。

王老师一看专业教师不行，就去找村支书。村里管不上专业教师，干着急没办法。村支书又找镇教办，教办也叫苦。城里来的老师困难太多，他们也难以解决。后来，还是高素质的专业老师有办法，拿出工资的五分之一请王老师做代课老师。谁想这都不可能呢，可王老师拒绝了城里找到的一份高工资的好工作，竟然答应了。半辈子低声下气的女人骂他下作，骂他只是代课教师的命。也许真是他的命，也许是太喜欢教书，王老师不管不顾、有滋有味地带着他的课。

然而，上级不行，上级要求所有老师不得聘请代课老师，必须亲自代课，否则一律解聘。

王老师又没课代了。

女人就让他进城打工。儿子要结婚了，需要新房；女儿上大学，学费高昂。一处烧火，八处冒烟，哪里都需要钱。可王老师不死心，有事没事就到学校附近转悠。那老师依然是三天打鱼两天晒网、有一天没一天。王老师干着急没办法。而自己的女人呢，不屈不挠的跟他吵，赶他进城打工。一气之下，就进了城。

自己是赌气进城的，王老师也不想在城里留，找工作专门找学校当老师。他想，反正弄不成就回家。谁想到王老师书教得真的好，被一家私立小学聘用了，工资是乡村的正式老师的两倍。

王老师成了城里的老师，书教得更认真了。可城里的课程单纯也轻松，总有大把的时间。到了这时，他就想起乡村的小学，想起几个班级混在一起的大课堂。想到哪大课堂，他就担忧那些乡下的孩子。

这时，他就给自己的女人打电话，问问村小的学生。

这时，女人就骂他，你都被开除了，你操那闲心干甚？

他说，不干甚，就是问问。

女人说，问问都不行。

说罢，"啪"的一声就把电话挂了。

女人挂了电话，王老师又去想象他的乡村小学。那些孩子咋样了呢？他不知道。有时他也想回去看看，可是路太远了，一个来回得好几天，这边孩子的课程也不能耽误。于是，隔过几天，王老师就会给女人打个电话，想问问村小的学生。女人总是和他吵。自己的女人自己熟悉，吵他不怕，吵就说学校还好。

又该打电话了吧，女人的电话打过来了。

女人说，那老师又不来了。

女人又说，村里的孩子放了羊。

女人还说，村小……真的离不开你。

王老师听了，就得意地笑了。

你欠我一座桥

三十多年了，他觉得贾家沟似乎并没有多少变化。搜寻童年的记忆，最大的变化就是房子。当初是茅草房、石板房，现在都是瓦房了，还有几间小楼房。另外嘛，路宽了一些，三轮蹦蹦车可以在路上危险的奔跑了。其余呢，变化好像不怎么大。不说别的，远远看去，学校前面的河谷依然不见人们期盼了多少年的桥。

贾家沟可以说是他的第二故乡。

四岁的那一年，他父亲被打成反革命关进了牢狱，他跟着母亲下放到贾家沟。母亲要参加集体劳动，还要接受批判，年幼的他就被送进大队的学校。学校在河的北面，母亲住在河的南面，河水湍急，几块石头做成的跳石沟通着河的两岸。遇上河里涨水，过河就必须趟水而过。稍不注意，身上的衣服就会被水打得精湿。

记得第一次到学校，他和母亲就让水打湿了。当他们浑身湿透站在年轻的贾老师面前时，贾老师嫌他太小。母亲说她一去工地他就没有着落。贾老师叹了一口气，说早晚过河都是问题。母亲连忙说，我自己接送。贾老师摇了摇头，还是答应了。

于是，四岁的他成为贾家沟小学最小的一名学生。

可是母亲说话不作数，一早把他送到学校后，放学却不见来接他。他只好坐在学校的门口，睁大眼睛遥望河的对面，等待母亲的出现。眼见阳光慢慢落去，母亲还不见过来。直到备完课的老师走出办公室，发现他还在等待自己的母亲，只好背着他蹦蹦跳跳的送他到河对岸。

母亲好像很忙，说过的话总是不算数，每天都是贾老师送他。开始他还有一些不好意思，后来发现老师也背别的小孩子，尤其是下雨涨水、冬天跳石结冰的时候，一二年级的孩子几乎都是贾老师背着过河的，他就觉得很坦然了，他觉得这就是老师的工作。如若放学老师耽误了，他还会喊叫老师送他过河。

贾家沟那时很穷，他记得很多的孩子上不起学，五个年级只有四十多个学生，一、二、三年级一个班，四、五年级一个班，有两个老师。没有课桌，庙里的神龛、木匠做木活的长凳就是课桌，木墩、石头就是凳子，白石灰墙抹一层锅烟灰就当是黑板。学生也没有作业本，学生用一块锅烟灰染过小木板当作业本，用自己特治的黄土块做铅笔，他们就跟着贾老师学语文，做算术。

他最喜欢的就是写字，做算术。他年纪小，劳动、游戏谁都不理他，学习他不害怕。记得老师虽然年轻，教书的方法灵活多样，教什么他就会什么。每次考试，他几乎每次都是一百分。只要得了一百分，贾老师就会奖励给他一枚煮鸡蛋。时至今日，他也常常回忆站在贾老师身边吃鸡蛋时，其他的孩子眼气得流口水的场面。

鸡蛋虽然好吃，考试的时候不多，最得意的事情还是当小老师。学校的班级是复式班，老师给其他年级授课时，就让他负责他所在的那个年级。他就可以用教鞭抽打高他一头的大哥哥大姐姐，很像他现在训斥手下不好好工作的官员。

慢慢的，他长大了，发觉贾老师很聪明。贾老师不仅书教得好，贾老师会做很多东西。贾老师会讲故事，会做篮球架、乒乓球台，还在操场上挖一个坑、挑来河沙教他们跳高跳远，还会用竹子做笛子，用蛇皮蒙二胡。夏天天气热的时候，贾老师会砍了棕榈叶子为他们做蒲扇；冬天冷的时候，他又会把教室墙面泥得光光滑滑，让他们挤暖暖。

最让人难忘的还是那条河带给他们的艰苦。那时候雨水好像很多，河里的水经常会漫过河中的跳石，贾老师经常要背着学生趟水过河，夏天、春天、秋天都还罢了，特别是冬天水溅湿了跳石，然后又结了冰，光滑得连大人都不敢行走。每天的下午，贾老师就会背着他们一个一个的过河。那份刺骨的寒冷非亲身经历难以体会。

五年级结束，他和父母回到了城里，上学，工作，升迁，忙忙碌碌三十多年，多少次想回到贾家沟看看，看看自己曾经上学的地方，看看自己的恩师，一直没有回来。即便是现在当了县长，他也是拖了半年才来到贾家沟。而他才知道老师还在教书。看见眼前河谷依然是跳石沟通着河的两岸，他能想象到贾老师三十多年的艰辛。

终于见到贾老师。贾老师老了，满脸的沟壑里流淌的是生活的沧桑。特别是贾老师的背，年轻时笔直坚强的背弯了，弯成了一座桥。三十多年里，那座桥运送了多少孩子走出这个山沟？他不知道，他知道那座桥依然背负着山里孩子的希望。

该说的话都说了，该高兴的也高兴了，终于到了告辞的时候。

他问贾老师有什么要求。贾老师说没有。

就他挥手准备离去，贾老师却说了一句话，你欠我一座桥。

忽然，他想起一件事。

那是在他上到五年级要进入中学时，贾老师布置了一道《我的理想》的作文题，很多同学写的是要当解放军、当科学家、当医生、当老师。而他呢，他说他要当工程师，要在学校的门前修一座桥，让小弟弟小妹妹从此安全的上学，让老师不再在寒冷的冬天背着学生趟水过河。记得贾老师在朗读他的作文时，班上是一片的眼泪、一片的掌声。

三十多年了，自己早已忘记了自己的理想，而贾老师依然记得。他忽然泪流满面了，自己欠老师的岂止是一座桥。

淘宝在人

那时，我还在一个乡村小学教书。那里的人不温不火，喜欢日出而作、日落而息，闲暇的时候还喜欢打打小牌、喝喝小酒、吹吹小牛，悠闲自在得很是安逸。因此，课余饭后的时候，我也融入了他们的生活圈子，和他们一起喝小酒、打小牌、吹小牛，生活很是惬意。

一起玩的多了，我就知道了一个叫黄大宝的人。

黄大宝是这个村子的村民，可不是这个圈子的人。农忙的时候他和大家一起忙，闲暇的时候他就到外村子忙活去了。我听说他没有木工瓦工的手艺，他能忙什么呢？有人不屑地一笑，说他去找宝去了。还说他是大宝队的队长。找什么宝呢？后来我才明白，黄大宝是到民间搜寻散失的古玩字画，然后再卖给别人，赚一点脚力小钱养家糊口。

黄大宝找到最多的宝是银元，一个最多开价30块，然后转手卖35块、40块，很挣钱的，那时的一个工日也才5块钱。黄大宝也收麻钱（铜钱），不管是哪朝哪代的麻钱他都要。麻钱价低，也不值钱。黄大宝最喜欢收购的是双龙银元，说是一个银元他可以出100元。不过黄大宝心重，不说能够卖多少钱，所以他一直都没有找到。

按说，黄大宝的日子应该过得很好吧。可是，黄大宝的日子还是穷，穷得他孩子上学的几块钱学费也常常是年头拖到年尾。村里的人说，黄大宝是让假货给坑了。

　　黄大宝吃的第一次亏还是在银元上面。那是夏天的时候，黄大宝刚刚卖了麦子就揣着自己的血汗钱出门了。这次是有备而去的。去的那一家有50枚银元，黄大宝提前是见过的，价钱说好25块一枚。黄大宝验了货又交了钱，就高兴地笑了。一枚赚15块，50枚可以赚750块，那可是一笔不小的数目，黄大宝不可能不笑呀？背着五十枚银元高兴地找到了买家，黄大宝立马就傻了。那五十枚银元全是假的，"孙大头"下面写着"洪宪元年"的字样。

　　第二次吃亏是老票子。那一段时间要老票子的人多，很多外地人都来收购老票子，也经常听说谁谁谁贩老票子发了大财。黄大宝听说后又心动了，农闲的时候就去找老票子。老票子应该是民国时的地主老财和国民党的军官们才有，黄大宝就四处寻找地主老财和国民党军官的后代。没想到黄大宝还真找到了一张10万元的老英镑的票子，黄大宝一咬牙借了5000千块买了来。结果，自然是上当受骗，哪里来的10万元一张的英镑呢？

　　村里人最喜欢传黄大宝吃亏的笑话，版本很多，一个个说得眉飞色舞的。说到最后，村里人就说黄大宝吃了没有文化的亏，要是有文化就吃不了亏了。也有人说，没有文化找什么宝呢？可黄大宝还是乐此不疲，继续奔走探宝。据说最近在寻找"中正剑"，传说国民党的一个将军死在这一带，那剑在香港是很值钱的。

　　黄大宝辛苦地奔走，可没有找着"中正剑"，却找了一个明代的青花瓷瓶。我虽然不懂赏瓷，但我知道那真是一个好东西，蓝白纯粹的色彩，精巧美妙的人物造型，真是让人赏心悦目呀。端在手里，圆润绵厚感觉十分舒服。我很想仔细再观赏一番时，他却让我看看瓶底的款识是不是"大明正德年治"。我说是的，他就包起花瓶急急忙忙地走了。看看他匆忙离去的身影，我猜想他这次一定是发了。

　　可是，黄大宝一直不见发财。有时遇见他，我想问问那件青花卖了没有，一看他神神道道的样子我就懒得问了。一直到我离开了那个小山村，也没有听说他发财的信息。慢慢的，他也走出了我的记忆。多少年后，当我在省城的博物馆看见一个酷似当年那个青花瓷瓶时，我又想起了当年的那个小山村，想起了大宝队长黄大宝，我想起他的那件青瓷了。

于是，我打电话找一个熟人问起了黄大宝。

你问那小傻子呀！日子倒是过好了，人却更傻了。别的不说了，就说他手里有一件青花吧，一个大老板给他二百万他都不卖，他白白捐给了省城博物馆。你说，他是不是傻子一个？

你说省城博物馆那个青花是他捐的？

不是他还有谁？说什么收藏是收藏一种心境，不是收藏东西。装扮得像是一个大知识分子，其实是一个大傻子！

我心里陡然一惊，立马就挂了电话。我不知道收藏的最高境界是什么，我也不知道大知识分子会不会这么做。可是，我把黄大宝收藏在心里了，我觉得他的心就像那件青花一样，是一件难得的宝物。

赝　品

怎么可能呢？吴云海家也有了赝品。

吴云海是个大收藏家，他收藏了很多很多珍贵的东西：有战国的青铜器，唐代的三彩马，元代的青花瓷，明朝的字画，清代的金玉古玩。吴云海又是一个很讲究的人，但他收藏的东西虽然杂，他收藏的东西几乎都让不同的专家做过鉴定，几个专家都肯定那些东西绝对是真品他才展示于人。所以人常说，他家的藏品每一件都是精品，且非常有价值。随便拿出一件，也会让一般的人家用上十年八年甚至更久。那么，他家的赝品会是什么呢？

那只能是那个康熙和田玉笔筒了。

那是他家唯一一件没有经过专家鉴定的藏品。

见过的人都知道，那真是一个好东西呀。那是一个圆柱形和田白玉质的笔筒，以浅刻、深、浅浮雕和透雕等方法，刻画表现通景竹林七贤图。笔筒虽然不高，可是整个画面山石叠嶂，溪水曲折，苍松繁茂，竹林茂密，十分优美。画面的幽静处，可以看见嵇康于竹林前鼓琴，他所奏的曲子应该是他的《广林散》吧。而音律神才阮咸却侧坐于地上，双手扶膝，附耳倾听。阮籍、向秀和王戎三贤对坐，怡然自得。七贤中最年长的山涛则手抚长髯行走于溪流上的石板桥。林间醉卧的，应该是放荡形骸而又高逸出世的刘伶了。画面上还有童子数人，有的挥扇煮茶，有的溪边洗砚，有的行走瞭望，有的窃窃私语。笔筒雕刻刀法简洁明快、工艺精湛，人物形神具备、栩栩如生。玉质光洁细腻、手感极好，真可说是竹林七贤和田玉笔筒中的极品，十分的难得。加之，又出自皇宫，是康熙当年所用，更是增添了他的收藏价值。因此，未经专家鉴定，吴云海还是经常展示与人。

吴云海在藏界有着极好的名声，东西真不用说，而且价格公道。这个和田玉笔筒虽没有经过专家鉴定，可很是被吴云海看重，那一定是非常有价值的了，好多的藏友都想得到这件藏品。他们竞相出价，弄得价格一路攀升，吴云海依然不愿意出手。它咋会是赝品呢？

有人说，正是因为他不愿意脱手，那东西可能是赝品。试想，吴云海是个极爱惜名声的人，如果鉴定是赝品，他的脸上会没有光彩；如果把一个假东西卖出来，他在收藏界就会失去被人尊敬的地位。与其这样，还不如留在自己手中，说不定会等来一只瞎眼的猫。

既然有了这样的谣言，就有人想把这个谣言予以证实。虽然这样的证实对自己没有任何好处，有人还是乐此不疲。于是，所谓的专家来了一个又一个。可东西太美了，那些专家还是没有一个人敢肯定地说这个东西是赝品。不能肯定是赝品，那应该就是真品了，价格又翻了一番了，吴云海还是不愿意出手。

吴云海不愿意出手，有的人也不善罢甘休，竟然掏了大价钱到北京请了大专家来验证玉石笔筒的真伪。大专家不仅是业内最具权威的玉石鉴赏专家，而且也是清朝皇家历史研究的行家里手，他的认证可以说是万无一失了。

谁想到，大专家也没有做出肯定的鉴定。可东西的确是太好了，有人在失望之余，发现大专家却出了一个天价想购买这个笔筒。那真是天价呀，谁听了都会心动不已。谁想，吴云海依然不愿意出手。

你咋不愿意转让呢，你是行家，就是真品也不会超过这个价呀！

这不是价钱的问题，是我不能转让。

接着，吴云海讲了这样一个故事。

我有一个最好的朋友叫张山，从牙牙学语我们就一起摸爬滚打。后来又一起上学，一起当兵，一起练摊做生意。后来，因为一个女孩，我们分开了，他远走他乡开办了一家公司开始做生意。那时候我们都很年轻，浑身有使不完的劲儿，生意也做得风生水起。也就是在那段时间，我迷恋上了收藏，天南地北忙生意的同时，也天南地北的搞收藏。迷上了收藏我就淡忘了朋友，生意之余就研讨如何辨别藏品的真伪，就疏于了和朋友的联系。

后来的一天晚上，我突然接到他电话，他说他一招不慎，公司濒临破产不说，还要负债累累，希望我能够借他一笔钱帮他摆脱困境。那是一笔不小的数目，那时我的钱大多都被藏品套住了。但是为了朋友的情谊，我还是想法子凑够了那笔钱。有了那笔钱，他的公司很快起死回生，而且很快归还了我的钱。他的生意好起来，钱也还了，我也就放心了，继续忙起了自己的生意和自己的收藏。

这件事情过去大约半年吧，我突然得知他去世的消息。原来，他的公司起死回生以后，他那异地他乡的生意异常的艰难，长期的心情抑郁，不久发现得了不治之症。这一些他很想告诉我，却又不愿意自己不幸的生活影响我的心情，只是在去世前把公司变卖了。他知道我喜欢收藏，更喜欢玉器，他倾其所有在一个拍卖会上购买了这件和田玉笔筒作为我们友谊的纪念。你说，这样珍贵的东西我能卖吗？

可是，它可能是赝品呀。

可它也是珍品呀。再说，哪怕是赝品我也不能卖呀。他可是花了实在的价钱，凝结的是真情呀。

吴云海又说，收藏不仅是收藏真品，我觉得更应该收藏真情呀。

父亲的魅力

秦刚怎么也没有想到，这次带队负责考核的会是方云南。方云南什么时候到总公司的呢？真的是山不转时水在转呀。早知如此，何必当初呢！看来，这次外派欧洲公司出任分公司经理的事情基本上没有什么希望了。

秦刚忘不了方云南，方云南自然也不会忘记秦刚的父亲。

那时候，秦刚还在故乡的那个小县城上高中，父亲是谁也不关注的纪委副书记。而方云南呢，是他们那个县的外贸局长，聪明能干，左右逢源，十分风光，县城的居民经常可以在电视里看见方云南的光辉形象，小小的秦刚羡慕不已。

后来的一天，沉寂的父亲终于受到人们的关注。关注的原因是因为沉寂的父亲和风光的外贸局长方云南发生了联系：外贸局的职工把局长方云南告了，当纪委副书记的父亲奉命受理调查这个案件。

记得父亲后来说，县委某领导之所以让他去查这个案子，是让他蜻蜓点水做做样子。可是方云南太嚣张了，办的许多事情都盖不住脚面。父亲带的专案组建议方云南纠正他们的错误，而他竟然在职工会上大骂专案组的不是，吹嘘自己的能耐。

秦刚知道，父亲是个非常原则的人，办这样做做样子的案子本来就十分不情愿。没有想到方云南犯了错误还这么嚣张，父亲和专案组就想给他一点颜色看看。专案组开始了深入调查。一调查，才发现方云南的事情太多了，远不像群众反映的那么简单。父亲知道方云南不是一个好对付的人，就把每一件事情都办成铁案。

案子调查结束，父亲代表专案组把方云南的事情向县委做了汇报，案子铁板钉钉子了，某领导也无话可说。方云南慌了手脚，四处寻找关系向我父亲求情。一向冷落的门庭立马热闹起来，多年没有来往的亲戚来了，父亲断了往来的同学、战友又恢复了联系，还有领导许诺要重用父亲，父亲受到了从未有过的关注。可是，父亲一直没有松口。

父亲没有松口，方云南又托关系找秦刚的母亲，承诺给他没有工作的母亲安排一份好工作。母亲虽然哭呀闹呀的，父亲依然不管不顾。后来，方云南还通过班主任老师找到秦刚，让秦刚去做父亲的工作，老师还许下了让他动心的愿望。秦刚对父亲的作为非常佩服，怎么会去说这样的话呢？他一口回绝了班主任老师。

方云南见软的不行，还采用了反侦察的办法。秦刚知道父亲是个磊落之人，就连工作餐都要回避，能够侦察出什么问题呢？后来，他又威胁父亲，寄恐吓信，砸玻璃，甚至还请人在学校门口找秦刚闹事。秦刚的父亲始终没有低头。

方云南终于得到了应有的惩罚。不仅退回所贪污的赃款，而且还坐了牢。秦刚还记得父亲说过，宣判方云南的那一天，不可一世的方云南不仅低下了头，还和他父亲握了手，说了一声"谢谢"。秦刚的父亲说他没有想到方云南会说"谢谢"，从那声"谢谢"里，让父亲感受到自信和自豪。

从此以后，父亲好像很受关注，县里总爱把一些棘手的案子交给他处理。父亲的原则性更强了，案子总是办得滴水不漏，父亲得到了很好的口碑。遗憾的是，父亲办事也难了，走到哪里都有人和他讲原则。好在父亲没有多少私事，最操心的也就是秦刚的事情。而秦刚呢，根本不用父亲费心，高中毕业考入北京一所著名的大学，大学毕业后考进这个著名的跨国公司。他用父亲赋予他的人格，很快从一个普通职员到今天的部门经理，而且成为最热门的国外公司经理候选人，他觉得非常自豪。

可是，见了方云南，秦刚不免有些泄气。前途非常广阔，机会十分难得，没有想到事情会是这样。他不知道方云南什么时候出的狱，又为什么会当上这家公司的分管人事的副总。如今，他担心不仅出国的事情渺茫，就连部门经理能否保住都很难确定。这时，他有一点怨恨自己的父亲了，为什么那么固执呢？

就在秦刚暗自叹息的时候，方云南找到他，说："秦刚，我已经和董事长汇报了，准备派你到欧洲公司去。"

秦刚很突然，问："为什么会是我呢？"

方云南说："因为你的能力，更因为你父亲的人格魅力。相信你父亲的人格会在你身上得到延续。"

秦刚眼窝一热，说："谢谢方总！"

方云南说："谢谢你父亲吧。也代我谢谢他，真心的谢谢他！"

感 恩

又是新年，叶桑的心头又弥漫着浓浓的乡愁和亲情。然而叶桑知道，今年还是不能回家过年。叶桑想象着年迈的父母急切地盼望女儿回家的心情，想象着父母看见别人家的孩子提着大包小包的东西回到家里时那种望眼欲穿和酸愁的神情。

可是，叶桑不能回家，她要去看罗叔叔。

叶桑的家在远方，在远方那贫穷的山沟。为了她能够走出那个贫穷的山沟，母亲熬白了一头的青丝，父亲累弯了笔直的腰杆，贫穷的山沟里终于飞出了她这只凤凰。五年前，弓着腰的父亲卖完家中所有值钱的东西，凑足了学费，把她送到省城上大学，可是被父亲视作命根的学费却在公共汽车上被小偷洗劫一空。一生顽强的父亲在学校的门前无助的泪水长流。她知道父亲倒不是心痛那些钱，他是担心女儿的命运呀，他担心因此而改变了女儿原本美好的生活前景。父亲泪水长流，叶桑也陪着父亲汩汩流泪。就在这时，到学校办事的罗叔叔来了。罗叔叔听说了他们的故事后，打开腋下的皮包，数出了足够的学费递给她，说："先报名吧，以后有什么困难了再找我。"说着，又递过一张名片。看着女儿手中的钱，父亲刹那间愣住了，他不相信城里竟然有这样的好人。接着，"扑通"一声跪到罗叔叔面前，说了声："滴水之恩，涌泉相报。"

有了罗叔叔的帮助，叶桑终于走进了大学校园。以后，她再没有向罗叔叔求过助。她在学校找了一份工作，周末去做家教，寒暑假又去打工，再加之父母的资助，她终于完成了自己的大学学业。这四年，她从未忘记过罗叔叔的大恩大德，父母更没有忘记，自己舍不得吃的腊肉、板栗、核桃，无多有少，从远方的家中寄给省城的她，她再送给罗叔叔。大学毕业后，找到了工作，她更是不忘罗叔叔，节假日她总是不忘买一份礼品，买一束鲜花去看罗叔叔。她知道罗叔叔也许不在乎那微薄的礼品，她也知道那微薄的礼品相当于她一月的生活费，可她不敢怠慢自己的感恩之心。为了学费，大学四年她没有回过一次家，没有看过朝思暮想的父母；为了感恩，工作两年她不仅没有回家看望父母，也没有给父亲买一包烟，给母亲买一双袜子，而且还接受了老父5000余元的救急。父亲读过几本古典小说，从小教育她"滴水之恩，当涌泉相报"。她呢，也秉承父亲的教诲，不敢懈怠。因此，当母亲打电话要她过年回去的时候，她哽咽着说："单位忙，不能回去了。"母亲不知她是真忙假忙，嘱咐她："再忙也得看看罗叔叔呀。"她应了一声，就挂了电话。她知道自己之所以留下，就是为了看望罗叔叔，为了感恩。一年的辛苦又所剩无几了，只能给罗叔叔买一份薄礼，买束鲜花，她不能再去勒索年迈的父母了。至于自己的春节，也只能和去年一样，躲在单身宿舍吃一周的方便面了。想到这里，叶桑禁不住如鲠在喉。

　　见到了罗叔叔，叶桑却是一脸灿烂。罗叔叔高兴地接过鲜花，问她："要过年了，怎么还不回去呢？"叶桑一笑，说："单位忙。"罗叔叔一笑，说："你们忙什么呢，平时都没有多少事。"听了罗叔叔的话，她眼窝一热，又想起远方的父母，一脸的赧然。罗叔叔笑笑说："我知道，钱花完了吧，钱用来感谢我了吧。"罗叔叔说着，又拿出1000块钱，说："孩子，这是给你的压岁钱，回家看看吧。六年了，该回去了。人应该常怀感恩之心，却不能涌泉相报滴水之恩而忘了养育之恩呀！"

　　听了罗叔叔的话，她的泪潸然而下。自己涌泉相报滴水之恩，怎么会忘记父母的养育之恩呢？

送你一张笑脸

他正忙着做脸谱，妻子着急问他："听说林院长要走了，我们送一点什么呢？我们这日子可全靠的是林院长呀！"

何止是日子呢？他知道，连自己的生命都是林院长给的呀。

记得那一年的秋天，忘记是为了一件什么小事，他和邻居王大林吵了起来，后来又打了起来，王大林打断了他一条腿。他拖着断腿到派出所报案，王大林却跑了，他不得不自己四处借钱治病。可是，等他借够了钱，又错过了最好的治疗时机，他的腿就落下了残疾，再也出不了重力，干不了重活，马上就要结婚的女朋友也和他吹了，嫁给了别人。

一气之下，他就将王大林告到了法院，要求王大林赔偿自己的经济损失。不说王大林跑了，就是不跑，王大林家有什么呢？除了一间破草房，就是老婆和孩子。破草房判给他吧，王大林的老婆孩子又没有寄身之地。主办案子的林院长……那时还是小林就告诉他，等王大林回来再说吧。

他嘴里虽然答应着等待，心里却有了一个复仇的计划：他卖了家里的两只母鸡，又买了几十斤柴油，意欲趁着夜深人静的夜晚，将柴油泼洒在王大林的草房上，把他们的家产和老婆孩子一起烧为灰烬。反正自己也没有了活路，就是自己死了，也没有什么可悔恨的。

当小林知道他的想法后，连夜赶到他家，耐心地劝说他，要他放弃自己的想法。他呢，先是否认自己的想法，然后就假装诚恳的样子，接受了小林的建议。他想，反正你小林也就是尽尽你的职责，等天亮你走了，我再烧上一把火，你总不可能天天跟着我。可他没有想到，天亮了，小林要带他一起到县城。小林说，你的腿有残疾，在这个深山老林又怎么生活呢？不如到城里我给你找一点活儿，一年两年的，说不一定还能娶一个漂漂亮亮的媳妇呢。他真的不想去，小林也没有这个职责，可又推却不了小林的诚意，就随着小林进了城。

就这样，他进了城。小林给他租了小屋子，然后又在法院门口给他盘了一个活动的烤红薯的炉子，他开始卖烤红薯。有人的时候，他就烤红薯，没有人他就想怎么去报仇。可是，一想到报仇，他就忍不住看看二楼上小林的办公室，他就看见小林那张甜甜的笑脸。他明白小林的心思，又忙着去烤红薯。街道上的人流很大，他的生意一日一日地好起来了。特别是下班的时候，生意特别的红火，面对众多的客人他有点忙不过来了。这时，小林也不急着回家，还会在炉子旁边帮他收钱。听见顾客夸奖的声音，他就笑了，笑声里充盈着一种幸福的感觉，复仇的事情就深埋在了心底。

来年的春天，没有红薯卖了，小林帮他弄了一辆三轮车，他又做起了水果生意。水果生意有很大的流动性，还可以到别处去招揽生意。可只要小林在办公室上班，他依然摆在法院的门口。他心里虽然有仇恨，但他不想让小林再为他担心。后来呢，心里的仇恨慢慢的淡了，他也会笑着把三轮车推到别处去叫卖。小林呢，又忙里偷闲来看看他。看见小林来了，他笑笑说："林法官，你放心。我，现在不想报仇了。"小林说："我知道，你笑了。而我不是不放心，我是来看看你，我们是朋友呀。"

小林真的是把他当朋友看。街上见了，小林会说说话；渴了，还会吃一个橘子；下雨了，还会到他家看看；遇上饭了，她也会盛上一碗，就像是自己的妹子一样。看见家里不干净的衣服了，她也顺手跑在盆子里。一边洗，还一边说："家里应该有个女人了。"

后来，小林真的给他介绍了一个女人。女人也是从农村来的，聪明，勤快，很体贴人。有了女人就有了家，日子充满温暖和笑声。只不过家里的负担重了，手里有些紧巴。已经结婚当了庭长的小林，帮他在法院门口租了一间店面，办了一个工艺品商店。女人利索，忙着进货收账，他呢，就坐在店子里看铺子。有人了，他做生意；没有人来，他就学着做脸谱。他手巧，做出的脸谱很是受人喜欢。

日子越来越好，他不仅有了儿子，当年的官司也了结了。想到自己的美好的日子，他把王大林赔偿的钱，给已是院长的小林封了一个大大的红包，却让小林狠狠地剋了一顿。末了，小林说："我不仅不收你的礼，我也不收别人的。我喜欢笑脸，只要你看见我的时候，开心地笑着就好了。"听了小林的话，他情不自禁地就笑了，笑得纯真又幸福。

那么，小林——也是林院长这次要走了，送的什么呢？送吧，又怕小林不收；不送吧，的确是没有人情了。

林院长终于要走了，来和他告别的时候，他拿出了自己的礼品——一个脸谱，一个用木头做的笑面脸谱。他说："我送你一张笑脸吧。我知道，你只要看见我们的笑脸，你就会开开心心的。"说罢，有泪就从眼里流出来，泪水滴在那张脸谱上，脸谱上的笑竟是那么的甜蜜。

刺　绣

杨妈妈有一手做刺绣的好手艺。

儿子刚上小学的那一年，杨妈妈的丈夫就死了。杨妈妈害怕儿子受委屈就没有再嫁人，辛辛苦苦地做刺绣，抚养儿子上小学，念中学，读大学。然后又求人帮忙，为儿子在城里找了一个工作。儿子呢，也知道母亲的辛苦，一年一大步，两年一个台阶，不到十年的工夫，不仅在城里娶了媳妇、生了儿子，而且还当上了局长。

儿子当了局长，就把杨妈妈接进城里，想让杨妈妈享几天福。可是，杨妈妈做惯了活儿、出惯了力，这种衣来伸手、饭来张口的生活他一点都不习惯。来到儿子家，她赶走了小保姆，包揽了所有的业务，可还是有许多的时间没有事情干。没有事情干了干什么呢，那就享福看电视。杨妈妈最喜欢看反腐败的电视，要么被电视贪官气得大骂，要么被里面的人物感动得泪水涟涟。

有一天，杨妈妈看完电视以后，大哭了一场，自此再不看电视了。杨妈妈想找一些活儿干。干什么呢，杨妈妈不知道，干临时工儿子不会答应，捡垃圾当清洁工儿子没面子。那么干什么呢，杨妈妈在街上转，发现有人卖绣花鞋、绣花枕头、绣花帘子。杨妈妈没想到自己的手艺在城里还有出路，杨妈妈就有了自己的打算。

杨妈妈到街上买了一个针线笸箩，又买来了针头线脑，就开始刺绣。刺绣是很伤眼睛的，儿子就劝杨妈妈不要做，可是杨妈妈不听，一有时间就绣上几针。杨妈妈的手艺真的很好，她绣出来的作品不仅儿子喜欢，媳妇喜欢，就连那些来拜访儿子的城里的人也喜欢，有人还要出大价钱购买她的刺绣作品。那东西是不值那么多钱的，杨妈妈不卖，杨妈妈就白白的送人，连人家回赠的小礼品她都不要。来看儿子的人很多，杨妈妈一有空闲了就画呀织呀，忙得不得了。

来看儿子的人好像都有杨妈妈的绣品了，杨妈妈还是不停的绣。绣得多了，杨妈妈就试着拿到街上去卖。杨妈妈没有想到自己的东西很俏，要买的人很多，杨妈妈一下子就挣了好多好多的钱。想到那些刺绣作品能换那么多钱，杨妈妈的劲儿更足了，白天黑夜都在忙活，不是画，就是绣，要么就是在街上卖。

杨妈妈毕竟是老了，这样没日没夜地干，她的身体吃不消。就在她干了一个通宵，又拿着刺绣作品上街叫卖时，她晕倒在街头上了。好心人把她送进医院，儿子闻讯也急忙赶到了。儿子才发现母亲最近真的老了，头发白了许多，手也伸不直了，竟然比她在乡下时候还要憔悴。儿子看在眼里，心里一阵难过。待杨妈妈醒来，忍不住找了母亲一句唠叨："妈呀，你这样辛苦为了啥呀？儿子也不缺少那么几个钱的！"杨妈妈说："我也不想那样做，可是我妈也没有办法呀。你每天都有那么多的人找你，给你送礼，我担心哪天你们两口子和电视里的人一样出了事情。我老了，干不了别的活儿了，我和我孙子靠啥子生活呀？"杨妈妈说完，就放声地哭了，哭得儿子的脸上也是泪水一片。

父亲的家

一清早，老家的哥哥打来电话，说是父亲不见了，问是否到了我家。父亲祖籍的那个县受灾了，我一直忙着救灾工作，忘记了问候父亲，没有想到父亲已经几天不见了。我急忙询问妹妹，她也没有见到父亲。除了我们，父亲再也没有其他的亲戚朋友了，父亲会到哪里去呢？父亲是离不开家的，我们真的想象不出父亲会到哪里。

父亲五岁的时候，他的父母就相继去世了，父亲成了一个孤儿。父亲很想有一个遮挡风雨的家。那时候日子苦焦，一家人风里雨里苦扒苦干，也难以为继一家人的那几张嘴，谁愿意自己的锅里再添一张嘴呢。五岁的父亲四处流浪，东一家西一户有一顿没一顿的漂泊。漂到十二岁到了我们那个村，村上放牛的老汉死去，父亲接过鞭子，停泊在牛圈的楼上，开始设想自己家的模样。

可是，要有一个家的确是太难了。父亲从十二岁一直到三十岁，也一直都没有实现自己的梦想。父亲说，期间也有几个他喜欢、也喜欢他的女子，然而一到谈婚论嫁的时候，她们都退缩了。日后父亲常常说，我拿什么给她们家的温暖呢？上无片瓦，下无寸土，用什么来支撑自己的家呢。父亲尽管有如此的想法，可是他一直没有忘记对家的追求，一直希望能有一个温暖的家。这个家，一直等到三十一岁的那一年。

那一年秋天，我们那个村子暴发了一场从来没有过的洪灾，洪水冲走几十亩川道良田，摧毁了十几个家庭的房屋，使十几个家庭失去了亲人，还留下我们三个失去房子、失去父母的孤儿。那时候日子苦焦，一个好劳力苦扒苦做，尚且填不保自己的肚皮，谁还愿意再领养一个孩子呢。没有办法的村长只好找到父亲。村长说，你看看，你的日子就那个样，想娶一个媳妇怕是很难了。村长又说，我的意思吗……唉，我的意思是看看你能不能把那几个孩子收养了，也算是有儿有女也有个后了。村长还说，你愿意的话，村上给你盖两间房子。村长说罢，父亲依然不动声色，村长最后说，你也是一个孤儿，孤儿没有一个家怎么行呢？再说了，你们住在一起了，也算是都有了一个家了。

我们三个孤儿走进父亲的家里，父亲总算是有了一个家了。我们家里有四个人，来自四个不同的家，我们都十分的珍惜。父亲辛勤的劳作供养我们上学，放学了我们就自觉帮助操持家务。生活虽然艰辛，我们仍然感受到父亲给我们的融融的家的温暖。

随着年龄的增长，我们慢慢感受到父亲对家的不满足。父亲对什么不满足呢，我们不知道。直到有一天村西头的马二贵死了，父亲天天夜里往马寡妇家里跑，我们才明白——父亲想女人了。回想我们过去的家，我们知道家里应该是有一个女人的，没有女人的家是不完整的家。我们不反对父亲想女人，我们也不反对父亲去找马寡妇，为了父亲，我们还和马寡妇的两个孩子成为朋友，我们希望马寡妇喜欢父亲，也喜欢我们。可是，马寡妇喜欢父亲却不喜欢我们，马寡妇让父亲上她家的门，她给父亲一个有女人的完整的家。父亲说，我有儿有女的，我怎么能够离开呢。父亲离不开我们，马寡妇就离开了父亲。父亲离开了马寡妇，心里依然期盼这个家里能有一个女人。然而，很多的女人喜欢父亲，却不喜欢我们这个家；好容易遇上一个不嫌弃我们这个家的呢，父亲害怕女人的麻迷伤害了我们。他说，我有儿有女的，还想女人做什么呢。这时的父亲不再相亲也不再见女人，一心劳作供养我们上学读书。

后来，大哥成家立业了，我和妹妹大学毕业以后也相继成了家，我们明白了女人对家的重要。父亲只有五十多岁，我们心里就寻思着给父亲找一个老伴。我们把自己的想法告诉了父亲，没想到一辈子和善的父亲竟然大发雷霆。他说，你们是不是嫌弃我了，嫌弃我了你们赶早说，我还六十不到，身强体壮不吃谁的闲饭。我们急忙解释，急忙道歉，父亲终于平静了。平静的父亲说，我一个孤老头子，现在有儿有女，还有孙子、孙女和外甥了，我还想什么呢？只要你们不嫌弃我，我怎么也舍不得这个家。说罢，父亲是一脸的潸然。

父亲既然离不开我们的家，那么他会去哪里？我们四下寻找，想尽了办法，怎么也不知道父亲的消息。我们虽然不愿意想象，可我们担心父亲发生了什么意外。

也就在我们不知所措的时候，大哥打电话说父亲回来了。我领着妹妹急忙赶回家，父亲真的回来了。十多天不见，父亲消瘦了许多，也黑了许多。正想着问父亲去了哪里的时候，父亲说他去了一趟他老家，救了几天灾，还领回来失去亲人的老邻居。

父亲说，我现在有儿有女，还有孙子、孙女了，缺少一个老人。一个家里怎么能没有老人呢？有了老人，我们的家就圆满了。父亲说罢，就轻轻地笑了。父亲的笑照在我的心里，像阳光一样的温暖。

厦屋的二婆

　　村长从镇上回来，硬说是厦屋的二婆把她儿子告了，人们咋的都不相信。二婆那么好的人，怎么会去告状呢？而且是告自己的儿子。真是笑话，谁不知道厦屋二婆的为人。

　　厦屋的二婆不仅是个好人，而且是个能干之人，里里外外都是一把好手。耕田耘草，女红茶饭，哪一样都是高手。对人也好，哪里有什么人需要帮助，哪里都能看见她的身影。村子里没有一个人不说她好的，谁见了她都是不笑不说话。对家人呢，那更是没得说的。尤其对她的儿子，更是好得不得了。

　　二婆的儿子来得迟，把儿子看的金贵，吃的比别的孩子都讲究，穿的也比别的孩子都体面。二婆把儿子看的金贵，却不娇惯，该做的活儿还是让儿子做。不过，她绝不让儿子做那些危险、耗费体力的活儿。因此，二婆的儿子长得比别的孩子高，比别的孩子白，比别的孩子也显得斯文而有教养。

　　村子里的人没有多少文化，不怎么操心孩子的学习，二婆操心。二婆不识字，没有对儿子进行学前教育，可儿子一进学堂，她就抓住不放。二婆不知道儿子的作业是对是错，二婆却分得清叉叉和钩钩，儿子每天放学了就拿出儿子的作业，数钩钩，数叉叉。遇上钩钩了，二婆就笑，看见叉叉了，二婆和善的脸就会吊下来。如果叉叉多了，一向重话都不说的二婆就让儿子伸出手，咬着牙用尺子抽打，打得儿子不停地哭，自己也是一脸的泪水。泪水滴在本子上，分不出钩钩和叉叉了，二婆才罢手。

村子离中学很远，村子里的孩子上完了小学几乎都不上中学了，大人舍不得那个钱，孩子吃不了那个苦。二婆舍得那个钱，二婆就让儿子上中学。儿子却吃不了那个苦。二婆呢，就到镇上租了一家房，自己跟着儿子到镇上给儿子做饭，陪儿子读书。这可是方圆几十里前所未有的事情呢，好多的人劝二婆不要这样，二婆硬是不听劝，硬要去给儿子陪读。

二婆陪读了三年，儿子终于进了县中。县中条件好，儿子不让二婆陪读了，二婆就回到村子给儿子挣钱。二婆知道，儿子上学要花钱，将来上大学了还要花大钱，二婆千方百计想法子挣钱。山里挣钱的路子窄，二婆的路子宽。挣下了钱，就及时送进城里。进城的路是二婆自己走的，在城里吃的午饭是自己的干粮，二婆舍不得花去一分。一小半给儿子花，一多半给儿子存着。

可惜，儿子不争气，以一分之差名落孙山。二婆的儿子要补习，二婆就拿出钱让儿子补习。儿子补习的时候，二婆就给儿子补钱。儿子补两年习，二婆又补了两年钱。两年之后，二婆说儿子没有上大学的命，两年又差了两分。二婆还想给儿子补习呢，儿子说什么也不补了。儿子不补了，二婆就用准备让儿子上大学的钱，给儿子盖了三间大瓦房，用剩下的钱，给儿子娶了一个漂亮的媳妇。

儿子娶了媳妇，应该儿子操心二婆了吧，二婆还在操心着儿子。儿子没有干过农活，二婆依然是田里的主要劳力；儿子没有练出力气，脏活累活还是二婆自己干了。看着儿子无所事事又有些赧然的神情，二婆拿出自己最后一点钱，让儿子做路费到外面去打工。二婆说，一肚子的知识不能烂在这山里了。地里的活儿有我，我的身子骨还硬朗。

儿子就到了南方。儿子到底是上过高中喝了墨水的人，很快就找到了工作，还找到了好工作。儿子的照片回来了，儿子寄的钱也回来了。村里人看见那一笔一笔的钱，羡慕得不得了，赶着自己的儿子也出去打工，却怎么也找不下工作。待到过年了，还给家里打电话要路费回来过年，哪像二婆的儿子，真是让人气得不得了。

你说，二婆这样贤惠的人，会去镇上法庭去告状？告的还是自己最心疼的儿子？

谁想到，二婆真的告状了，还真的告的是自己的儿子。村子里的人心里虽不相信是真的，可是法庭已经把审判庭设到学校前的麦场上了。村里人不明白二婆为什么要告自己心疼得像心肝一样的儿子，"呼"的一声都来到学校门前的麦场上。

二婆真的把儿子告了。二婆坐在原告席上，二婆的儿子坐在被告席上。二婆显得很平静，二婆的儿子却很激动。二婆的儿子更年轻了，更洋气了，也更拽了，而二婆更老了。看着二婆儿子的样子，人们就觉得二婆的不该了。就等法官问二婆为什么要告儿子。

"我想儿子呀，我希望儿子每年能回家看我一回。法官呀，你不知道，我五年都没有看见过儿子了，我想儿子呀！"

二婆说着，泪水就跌落在麦场上，也跌进了儿子的心里。这时，二婆的儿子就哭了，哭得四周是一片哽咽和叹息。

书法家

州城有两个有名的书法家，一个是李法唐，一个就是许一心。不过，李法唐比许一心要喧嚣得多。

两个人都是州城中学的学生，都曾得到过于右任老先生的指点。于右任曾经在州城中学代过课，指点了他们的书法可能是真的。自此，李法唐常常就以老先生的弟子自居了，别人见了他是一脸的钦佩，他也显得十分的怡然。而许一心呢，他说老先生是学校的老师，只说自己得过老先生的指点。话虽然是实话，别人对他多了一分冷漠。因此，李法唐像是寒夜的一颗明星一样，很是闪亮了一阵子。而许一心呢，就像花叶上的露珠，一见光就没了。

凡事都有其两面性，李法唐因为是于右任老先生的弟子，不仅在民国时期红极一时，新中国成立后也十分的有名，还谋了一个很好的工作，偶尔还可以坐主席台发言讲话，日子十分的滋润。可惜，1957 年反右后，李法唐被打成了右派。好在他反应迅速，又是大字报，又是小字报的，大骂于右任，和他彻底划清路线，终于逃脱了下放劳动的厄运，留在城里，忙着给革命小将抄写大字报，也算是学有所用了。

许一心呢，中学毕了业，就到小学当了一名美术教师，不多言不多语，白天上课，回到家里读书习字，日子十分的平静。就连"文革"时期，他也没有受到冲击。也有人揭露他是于右任的弟子，他还是那句话，于右任是学校的老师，指点他也是老先生的工作呀。既然是工作，那就没有批判的必要，他继续上他的课，读他的书，习他的字。偶尔也上街转转，看看大字报什么的。每每看见李法唐的大字报，他忍不住会摇头叹息一声。不过，李法唐并不觉得有什么错，依然写得很认真。

"文革"结束，李法唐迎来了又一个春天。他官复原位，偶尔又能坐在主席台上讲话发言。特别是于右任老先生逝世以后，海内外掀起了"于学"高潮，李法唐以老先生的弟子身份忙着讲话，忙着写文章，十分的热闹。也有人找到许一心，让他在报上写写老先生的往事，纪念老先生。他说老先生在州城逗留很短，真的没有什么可以写的。他用于体风格抄写了老先生的诗。他的字虽然潇洒飘逸，深得老先生的神韵，可是在李法唐众多的文章、讲话和书法作品面前，很快被湮没了，李法唐成为老先生的真传弟子了。

成了老先生的真传弟子了，李法唐的书法名气更大了，飞越了秦岭，走出了潼关，参加各种大赛，而且经常获奖。后来，李法唐还加入了省书法家协会，还进了政协，成了政协委员，偶尔可以发言讲话了。而许一心呢，依然当他的小学老师，教他的学生，读他的书，写他的字。也没有人邀请他参加展览，也没有作品获奖，平静得像一泓清泉。

获的奖多了，李法唐就成了书法名人了。许一心知道后，说是浮名可能会毁了他。可事实是浮名不仅没有毁了他，而且有很多人上门求他的书法。他呢，也利用自己的书法建立了很好的人脉。后来，李法唐还当选市书协的主席、文联的副主席、省书法协会的副主席，我们经常可以看见李法唐坐在主席台上，报纸和杂志上也可以看见他的书法专版。李法唐也不再去参加大赛了，却当上了书法大赛的评委，有机会了还到外面去旅游一番。

这时，李法唐的字已经开始卖钱了。尽管如此，上门求字的人更多了，我们州城里一多半的牌匾都是李法唐题写的。李法唐不仅有了地位，有了名，还有了钱，经常还可以四处去交流，有时还可以去日本、韩国等国家交流交流。不过，李法唐在日本、韩国没有交流出什么成果，而在意大利交流出了成果。据说，罗马市政府不仅收藏了他的字画，而且授予他"世界杰出书法家"的称号。

李法唐从意大利回来，他的名气更大了，字更值钱了，拍卖行还为他开了专场。来州城，或者离开州城的人，都以有他的字而沾沾自喜。许一心呢，依然是那么的平静，退休之后，养养花，读读书，习习字，陶然又乐然。有人求字了，就认真地写。写好了字，别人也会附上润笔，他怎么也不接收。再看那字，真是灵秀，真是艺术，儒雅得不染纤尘。可是，又有谁识得呢？

许一心太闲了，李法唐太忙了，忙着讲话，忙着交流，忙着忙着心脏病就犯了，永远的不忙了。李法唐去世了，给儿女们留下了大笔的遗产。李法唐去世了，许一心也病了。谁也没有想到，许一心会因为无钱医治，很快去世了。

李法唐去世了，拥有他字的人都希望他的字能够升值，没想到他的字一日日地跌价了，上万元购得的字几百元都没有人要。而许一心的字却火了。遗憾的是许一心的字流传的太少了，少得实在难以寻找。于是，有人竟然把许一心写在报纸上的字找来，拿到装裱店里裱出来。裱出来的字挂在墙上，又有人出了天价要买。可是，任凭来人磨破嘴皮子，那人怎么也不卖。

末了，那人还唠叨说，那是艺术呀，怎么能够买卖呢？真是的。

南老师的琴声

南老师调到我们学校时是背着一架手风琴来的。那时，南老师很年轻，修着一撇胡子，满天都是煞气，学生、老师谁都不敢和他多说话。也不见他好好教书，只见他一趟一趟的出山，不是找公社，就是找教育局。不出山了，南老师就在学校后面的树林里一遍一遍地弹手风琴。南老师的手风琴弹得很好，那琴声就拢住了我们一双一双的耳朵。那时，我想千万不要放走南老师，南老师走了，我们又到哪里去听这琴声呢？

那一年，南老师果然没走。南老师虽然没走，我们却极少听到他的琴声了，南老师整天都在忙，忙备课，忙着讲课，忙着改作业。听其他的老师说，公社也答应南老师调走，要求南老师必须使所带班级的课程考进全公社的前三名。于是，南老师就忙了，忙得顾不上弹琴了。只是在他们班单元考试考出好成绩了，南老师才会给他们班上的学生弹一曲，我们才能跟着沾一次光。

那一年，南老师还是没有走成。他们班的学生虽然考进了前三名，可公社教干说没有人愿意替换南老师，让南老师把这一班学生送进初中，送到初中了才让他走。南老师没说什么，南老师只好又回来带他的那班学生。南老师还是像过去那样的忙，忙得顾不上弹琴，逢着他们班单元考试考出好成绩了，我们才能跟着他们沾一次光。好在他们班学生争气，我们才可以常常听到那优美动听的琴声。

那一年，南老师仍然没有走成。那一年，南老师所带班级虽然以全公社第一的成绩都被公社中学录取，但没有一个学生进入中学去读书。南老师就挨家挨户去动员，任凭南老师磨破了嘴皮，跑烂了鞋，还是没有一个学生到公社的初中去上学。南老师觉得考上了，也等于没考上，南老师就羞于再找公社提出调动的事，南老师就在学校的后山坡上拉了一夜的琴，琴声低沉而悠扬，听得人心酸酸的，又暖暖的。第二天，南老师就找到校长，说是待他教过的学生中有一个上了初中后，他就出山，调回老家的那个城市。

于是，南老师就成了我的老师。现在人看来，南老师的目标真的很低，但在那以前没考上一个中学生不说，我们生活的那个小山村确是太难了。我们村的那所学校已建了二十年，从来没有出现了一个初中生。我们村子不仅落后，还很穷，穷得没有一家能供养得起一个初中生。七八岁的孩子才进校门，上不到两三年的工夫又要回去领弟弟、妹妹，或是放羊放牛。南老师带的学生之所以能上到五年级并考上初中，全是因了那架手风琴所产生的美妙琴声。为了听那美妙的琴声，我们就在南老师的默许下把弟弟妹妹领到了学校；为了听那美妙的琴声，我们就起早贪黑地割牛草喂羊喂牛。我们在那琴声中带好了弟弟妹妹，我们也在那琴声中喂好了牛羊，我们在那琴声学到了许许多多的知识。可那琴声真的太美妙了，而太美妙的东西都又很短暂。三年的时间弹指就过去，我们小学毕业了，我们一个班十个孩子一齐考上了镇（公社改叫镇政府）上的初中了。当我们手握大红的录取通知书后，望着南老师一脸的笑，我们不约而同地哭了。因为，我们都知道我是能够上得起初中，我上初中，南老师的目标就实现了，南老师就可以走了。南老师走了，我们就再也听不到南老师美妙的琴声。于是，我就带头把初中通知书撕了，大家都把通知书撕了。我们想，我们都不上初中了，南老师也出不了山，我们仍然可以时时听到南老师那美妙的琴声。

那一年，南老师依然没有走成，倒不是因为我们的方法，我们的方法是不奏效的。开学的时候，我被山外的舅舅拽着耳朵送进了学校，二队的狗旦、三队的老五也被南老师用他的钱送进镇上的中学。按说南老师可以走了，可南老师没走，听学校其他老师说，南老师要等他教过的学生中出现一个中专生和一个高中生了再走。我们知道这更不是一件容易的事，而我们听了却很高兴。南老师说还是要我们努力学习，每个周末他到山上用琴声迎接我们归来。

南老师说到做到，每个周末我们都可以在山垭听到南老师的琴声。悠扬美妙的琴声洗去我们求学的艰辛，又燃起了我们不绝的希望和信心。在南老师的琴声中，我们憋着劲儿学，我们学习的目的不仅仅是单纯地想听南老师的琴声，而是觉得我们山村太落后、太闭塞，南老师应该调回到他山外那繁华的都市。就这样，三年过去了，我就像老师期盼的那样，考进了县重点高中，狗旦和老五考上了中专。捏着通知书，该欢笑的我们都哭了，我们想南老师要走了，我们用自己的通知书为南老师做了一只美丽的鸽子，作为我们分别的礼物。

那一年，南老师依旧没走。南老师说，他希望他的学生中出现一个大学生以后，他再离开我们那个小山村。于是狗旦和老五揣着南老师的希望走出了山外，我就背负着南老师的希望走进了县中。在县中的三年，我又结识了许许多多的乐器，却从未有一件乐器的声音像南老师的琴声给予我那么深刻的印象。在这三年里，虽然我极少回家，也极少能够听南老师拉琴，但南老师的琴声一直庇护着我，激励着我。三年后，当狗旦分回了山村小学教书时，我如愿以偿考上了省城的某名牌大学。在通知送到我们那座小山村时，南老师激动得泪水四溢，随手捞起手风琴拉了起来，那琴声热情奔放得让人心潮澎湃。那琴声让所有的激情奔放，我的心却很冷静，因为，南老师这次真的要走了。

那一年，南老师还是没走。南老师说，他希望他的学生中有一个上了北大他再走。南老师说罢，我就后悔我没有考上北京大学。我带着我的遗憾离开了家乡，我也带着老师的关切来到省城。在省城读书的那四年，我没有回过家，在省城那四年，我无时无刻不思念着南老师，无时无刻不在倾听他的琴声。我知道南老师的学生在他的琴声中陆陆续续考上了初中、中专、高中，还有各种各样的大学，可没有一个考上北大。我由此更加后悔，后悔自己当初为何不考北大，以至于我毕业后，我家迁到我现在生活工作的这座小城里，我无颜见南老师，不敢去聆听那朝思暮想的琴声。

虽然如此，南老师那琴声却无时无刻不在。在小城那些日子里，我走遍了所有的音乐厅，我见识了各式各样的乐器，也倾听了无数的音乐会，都没有南老师的琴声带给我的激情和希望，南老师的琴声一直萦绕在我心头。在南老师的琴声中，我依然关注着南老师。后来，我知道南老师的学生有考上北大的了，南老师的学生也有成为留美的学生，南老师仍然没走。一个目标实现，南老师又会定下一个新的目标，南老师总是没有走出大山的机会。那时，我在社会已经碰撞了多年，知道社会的许多毛病，知道南老师调不走的原因不仅仅因为目标没有实现，而是他的工资用来资助他的学生，他没有钱活动着调回老家的城市，目标只不过是他自我安慰的借口罢了。

可是，前不久我回了一次老家，我才知道我错了。已经是村小校长的狗旦介绍说，其实南老师早就决定不走了，他的每一个目标都是自己留下来的理由。狗旦说，南老师接手我们那一班就接到山外来的商调函，以后的那一年他都可以调走，但南老师都用这些目标把商调函退了。我问，南老师现在还有目标吗？狗旦说有，不用问是什么，我也知道南老师的目标是什么。这时，我又听到了影响我一生的琴声了，琴声依然美妙悦耳，似山吟，似水流，如风鸣。南老师的琴声已和大山融为一体了，南老师再也离不开大山了。在这融入大山的琴声中，我看到在村口山垭子拉琴的老师成了一盏灯，不仅照亮这个小山村，也照亮了我们通向外面的路。

一个人的村庄

都走了。

亲戚走了，邻居走了，村庄里的人都走了，妻子和儿子是最后离开这个村庄的人了。老人真不希望妻子和儿子抛下自己，孤独地守护着这个空落落的村庄。可是他张不开口，谁愿意待在这个一吃饭就落半碗沙子的地方呢？看看慢慢远去的家人，老人扬手想说一点什么呢，一阵风吹来，沙子却飞进了眼里。

老子的眼里是揉不得沙子的。老人扒拉掉眼里的沙子，抢起锄头，在沙海的风口浪尖上挖下一个坑，栽下一棵树。老人恶狠狠地骂了一句：我不信我治不住这驴日的沙子。

老人的村庄原来是非常美好的。村庄的山坡上有树木有林子，树枝上有鸟，树林子有黄羊，有野兔，也有狐狸，还有狼；村庄外的小河里有水有苔藓，有小鱼，有河蟹；小河和山坡之间是良田，春天播下的种子，秋天就能收获满仓的粮食。年轻人劳作之余，还可以在河里嬉戏，也可以在树林子约会，村庄里到处飘荡的是快乐。忘记从哪一天开始，树林子就没了，河里的水一天一天的小了，远处的黄沙旁若无人地漫过来，良田也没了，村庄里的人家一家一家地往外搬。后来，就剩下他们一家了。现在呢，又剩下他一个人了。

一个人的家也是家，一个人的村庄也是村庄。鸡鸣狗叫，炊烟炉火，一样都不能少。可惜，那些鸡也吃不了那份清苦，不几天就死了；狗呢，也不甘寂寞跑了。老人气坏了，骂一声驴日的沙子，你不让人活，连畜生都不容了。骂完了，老人扛起锄头就到村庄后面的山坡上，在那风头之上挖坑栽树。

　　老人知道，沙子是植物的杀手，它杀死了植物，赶走了动物，也赶走了人。老人也知道，植物也是沙子的死敌，只要栽上树，种上草，沙子就退了，人就会回来。

　　老人的活儿干得很利落。挖坑，插苗子，再培土，一点儿都不马虎。老人也干得有劲儿，因为脚下的土地是他年轻时和妻子约会的地方。那时候真年轻呀，干了一天的活儿还不觉得累，得了空闲就把她约进树林子。那时她的话也多，就像树上的鸟儿一般，"叽叽喳喳"不停口。他可不想光听她说话，他很想做一点什么。趁着她说累了的当口，他说他眼里进沙子了。她说哪里来的沙子呢，晴天妖妖的。他说你给吹吹吧。她虽不相信，可还是嘟起红红的嘴唇。这时，他那饥渴的嘴唇就迎了上去……

　　想到这里，老人忍不住笑了。记忆里的故事好像发生在昨天呢，树林子说没就没了，她也跟着儿子走了。想到她，老人加了一把劲，狠劲地挖坑，细心地插苗子，又用心地培土。老人想，再过十年八年的，今天的小苗子就会成林了，再把她领回这里，那心情一定会美得不得了。有了好心情，老人连饭都顾不上吃，不住地挖坑，不住地插苗子，不住地培土，一天的时间竟然栽了两百株树。照这个速度，村庄前后的沙海只消三年五载，就会都长满了树。

　　可惜，风偏偏和老人作对，一夜之间把两百株树苗全部拔了。老人没有叹息，继续挖坑，插苗子，培土。为了对付风，老人把过去只挖四十公分的坑挖到八十公分。老人想，我就不信你风还能把它拔出来。又一场大风吹过，老人去看那些树苗，树苗依然傲然地站在那里。

　　沙漠里栽树不仅仅是风的问题，还有许多意想不到的困难，一年一年的老人都一一克服了。老人想，只要用心，办法总比困难多。沙漠里水分少，老人就栽梭梭、红柳、花棒、沙枣。能栽树的季节里，他就一心栽树；不能栽树的日子了，他又种草。老人想，树活了，草绿了，沙子就无处可逃。

老人不怕难，不怕累，也不怕寂寞，每一天他都忙忙碌碌、没有闲暇。可是到了好墒口、好栽树的季节他心里就急。急什么呢？要是有个帮手，能多栽一棵树多好呀。老人就想了一个办法，把老伴骗来了。老伴来了，儿子也来了，儿子媳妇和孙子跟着都来了。好容易来了，他把他们骗到地里栽树。亲戚不见儿子回去，以为他真有了什么事情，也急着赶来了，他又一脸坏笑的把亲戚也骗进地里替他栽树。

人都说，老人变坏了，不仅骗亲人，骗亲戚，也骗邻居，骗他们帮他栽树。也有人说厚道的老人变吝啬了，吃一颗枣子他要栽一棵树，喝一杯水要栽一棵树。有骗子是因为有人相信骗子，骂他吝啬是因为自己喜欢上别人珍贵的东西。因此，每年总有一些人被他骗了去栽树，也总有一些人贪图他的枣子、喜欢他家的水而走进了沙海。有了这些人的帮助，沙海里的树跑得快了许多。

记不得是十年了，还是八年了，老人发现村庄的前后都绿了，村庄前的水也大了。远处的红柳成了林，中间的沙枣挂了果，树木之间的草也生得威猛而葱郁。被他骗回来的老伴和儿子、孙子赖着不走了。再后来，亲戚和邻居也陆陆续续地回来了。老人觉得自己的精力也不济了，就把那些林地一家一块的分了。老人说，反正是大家栽的。

老人呢，却到村庄外面的沙海里去了。老人想，一个人的村庄太寂寞了，一个村庄在沙海里面还是寂寞。老人又开始忙起来了，忙着在村庄外面的沙海里栽树去了。

铁匠铺

怕有一百多年了吧。问二爷，二爷不知道。二爷手捻着白雪雪的胡子说，我爷爷的爷爷给太平军铸过大刀，给王聪儿锻过长矛。村里没有人知道太平军是什么时候的事儿，也没人认识王聪儿。那时我们也不知道，只觉得二爷的铁匠铺有着温暖的炭火，有着"呼呼"的风箱，有着好看的铁花和香甜的烤红薯。

那时候人人都忙，连六七十岁的老人都要到地里去，放了学我们只有到铁匠铺去。铁匠铺里有炭火，红红的炭火温暖又没有青烟。我们就在温暖的铁匠铺看着二爷打铁。二爷的劲大，我们两个人才能抬起的铁块，二爷用钳一夹就起来了。二爷本事大，又冷又硬的铁在二爷手里就像面团一样，要圆就圆，想方是方。每次看到我们羡慕的神情，二爷就说，二爷厉害吧。我们立即讨好地说，厉害。二爷又说，想学吗？我们抢着说，想。二爷爽朗地一笑，那就赶快拉风箱去吧。

二爷的风箱很沉，必须要两个人才能拉得动。风箱拉起来了，风就呼呼地吼，碳炉的火就更红了，铁也更软了，我们就看见了美丽的铁花，闪耀着，翻飞着，就像是天上的星星，可又比星星好看，比星星温暖。这时，我们的身上就有了使不完的劲儿，使劲儿地拉，使劲儿地拉，我们把火吹得更红，把铁烧得更软，我们想看到更多更美丽的铁花。

可是，二爷却住了手，把那火火的铁块敲打一番，又塞进水里，滋——铁匠铺就弥漫着一层浓浓的雾。雾散过后，二爷的脸上也有了一层油油的汗。二爷把汗擦在羊皮做的围裙上，我们就看见一张锄，一把刀，或者是一柄镢头。这时，二爷就会大声的笑，笑声里二爷就会把碳炉边烘烤的红薯分给我们，看着我们吃。看见我们吃得香甜的样子，二爷又说，快点吃，吃完了我给你们碾铁珠子。铁珠子是圆的，圆溜溜的圆。我们不知道二爷是怎么把珠子弄圆的，可我们把铁珠子安装在自做的陀螺上，陀螺旋转得更欢了，我们又在操场上寻得了新的乐趣。

陀螺不见了，我们也长大了，可铁匠铺仍然是我们向往的地方。那时候不再是为了看铁花，吃红薯，我们喜欢听二爷讲故事。二爷胡子里长满了故事，几天几夜都讲不完。二爷讲故事并不影响手中的活儿，一个故事讲完，手里的活儿也完了，要么是锄，要么是锹，没有半点值得挑剔的地方。看看手上的家具，二爷就笑，笑罢了又装一袋烟横给我们。猛吸一口，胃里就有了呛，有了辣，有了冲，还有许许多多不可名状的滋味。这些滋味混合在一起，我们的胸腔里就生发出一连串的咳嗽。

有了这一连串的咳嗽，我们的喉结鼓起来了，嘴唇上也有了毛茸茸的胡须。看村里的姑娘时，我们不仅喜欢看她们的脸，也喜欢看她们饱满的胸脯，也喜欢看她们翘翘的屁股。我知道，我们成了男人。我们成了男人，我们就知道铁匠铺更多的故事了。我们知道二爷十岁时候闹过红，十五岁打过游击，十八岁用自己锻的大刀杀过土匪，二爷做了许多本该都是男人该做的风光的事情。可我们记得最清还是二爷二十岁时给一个大户的小姐碾过一秒绣花针，二爷用这秒绣花针把那小姐勾引成了二奶。二奶的绣花针我们见过，比小货郎的"洋针"还要精巧，还要耐用。二奶用了40年，依然精巧如初，就像40年后的二奶依然透露出40年前的美丽。那时，我下定决心拜二爷为师，做一个像二爷那样的男人，不仅会打大刀，会锻锄头，还要会碾针，会做一个男人该做的一切。

可惜，就在我做出决定想拜二爷为师时，我们举家搬回了城市。在那个封闭的小城里，有学校，有医院，有高楼大厦，独独没有铁匠铺，自然也没有像二爷一样打铁的男人，心里不免有些失望。在失望中，我上大学，找工作，娶妻生子，慢慢的我已没有了男人气。我发现我早已淡忘了二爷，淡忘了那个小小的山村，淡忘了那古老的铁匠铺。直到昨天，二爷的孙子来到了城里，二爷和他的铁匠铺栩栩如生地站在我眼前了。我知道二爷身子骨还硬朗，二爷的铁匠铺已经不在了。二爷在铁匠铺的原址上盖了一座小楼，开了一家小酒馆。在酒馆的中心，二爷却造了一座小小的铁匠炉子，他用炉子煲自酿的酒，用炉子烧烤自产的佳肴，间或往炉子里放一块废铁，酒馆里还飘着美丽的铁花。

我不知道那铁花是否和过去一样美丽，可我想二爷的胡子一定是被染红了，那红红的胡子里一定长满了更多的故事，那故事是酒，也一定又冽又醇，充满了男子汉的豪气。

麦子黄了

  时令进了二月，杏子的红花落地，化为春泥，我们就急切地盼望麦子黄。那时节，田野里是一片金黄，迎面是扑鼻的麦香，村子里是欢声笑语，这才是一年四季中最美的日子呀，谁不喜欢呢？

  然而，最让我们喜欢、最让我们盼望的是麦子黄了的时候，枝头的杏子也会黄了。高大的杏树枝叶繁茂，金黄的杏子带着满脸的红颜在枝头飘摇，宛如梅子飞过来的那妖娆的媚眼，让人有说不尽的向往和期待。

  可惜，地里的麦子才刚刚分蘖，稀疏的麦苗虽然一日日的茂盛起来，一日日的有了颜色，就像邻家新娶的媳妇，一天天的变得妩媚，一天天的变得慵懒，好像是充满了希望，可要分娩一个新的生命，还需要很久的等待。

  麦子长得太慢了，慢得像是奶奶的小脚，一步一挪，一挪三寸，让人心急得要命。焦急的我们匆忙地爬上对面山上的杏树林，又攀上高高的树枝，眼睛在一片新绿的树叶里寻找。杏子终于长出来了，小得像是橡皮头，白呼呼毛茸茸的，伸手想摘一个尝尝，唉，太小了。跳下树，灰溜溜地回到麦田边，急切地看那遍地的麦子。麦子咋还没有黄呢？

  麦子生长得真是慢呀，单元考试都考三次了，麦子还是老样子。忍不住拔下一株麦苗看了看，心里是一股暖流。麦子拔节了，麦苗的下部有了硬硬的杆子。那么，山上的杏子怎么样了呢？我们又爬上山，攀上树，杏子已经脱了毛，而且有指头大了，颜色是脆生生的，喉结滚动，哈喇子就砸在地上。伸手摘一枚放进嘴里，那是怎么一个酸呀，酸的好像是嘴巴和下巴都没了一般。好在杏子里的杏核很好玩，像心一般的形状，乳白色。捏在指尖稍微用力，杏核的汁液喷射出去，就有了满村子的尖叫和欢笑。

这时，我们更加关注田里的麦子了。麦子长，杏子也在长；麦子黄的时候，杏子也就黄了。那么，麦子怀胎了，麦子扬花了，杏子会是什么样子呢。我们又来到了山上，不用上树，我们就看见了枝头结满了杏子。杏子是翠绿的，和叶子一样的颜色，杏子的表面还生出了不多的黑点。难道杏子的青春也有满脸的痘痘吗？我不明白。不过这时候的杏子可以吃了，就是酸，酸得可以掉牙齿。我们不怕，可劲儿的吃。我发现邻家的新媳妇也喜欢吃，给她一把，她吃得那个香呀，好像是几辈子没有吃过饭似的。我把邻家媳妇的故事告诉娘，娘说邻家的媳妇害喜（怀孕）了。娘又说，酸儿子，辣女子，邻家的媳妇一定会生个儿子。我不明白吃杏子为什么会生儿子。不过那年的秋天，邻家的媳妇真的生下了一个儿子。

麦子终于黄了。午睡的时候，我和二傻偷偷地爬上了山，老远的地方就看见枝头的杏子也黄了。金黄金黄的，和麦子的颜色一样。不一样的是麦子的头顶上有扎人的麦芒，而杏子的脸上是红红的娇艳，就像梅子的脸，好看又馋人。刚想到这里，又怕二傻看透了心事，回头看一眼二傻，二傻高兴地笑了。笑笑的二傻说："好看吧，像不像梅子？勾人魂呢。"我没有想到二傻也喜欢梅子，就急忙爬上树，去摘杏子。经过春天和初夏的采摘，枝头的杏子已经不多了。我想摘几个最好的杏子，晚上好送给像杏子一样美丽的梅子。

可是，当我夜里揣着杏子赶到梅子家外的小河边时，二傻早就到了。梅子靠着河边的柳树，吃着二傻给她的红杏子，二傻可劲儿的渲染摘杏子的艰难，吹得神乎其神的，好像杏子金贵得像《西游记》里的人参果一般。真想走上去戳穿二傻的把戏，咬着牙忍住了。这时，梅子也吃完了杏子，二傻又拾起杏核，假模假样把它种进梅子的地里，说是五年之后，梅子就可以在门口吃到自己种下的杏子了。看见二傻那傻样，我决定第二天就把那杏核挖出来，让梅子永远吃不上他种下的杏子。

遗憾的是，那一年的暑假我就离开了那个小山村，回到了爸爸当兵的城市。在那里读中学，上大学，找工作，结婚又离婚。我常常回想河里的鱼儿，地里的麦子，树枝上的黄杏子。我也常常想起会吹牛的二傻，想起长得像黄杏子一样迷人的梅子。尽管我一直没有和他们联系过，可我知道二傻和梅子都没有考上大学，二傻终于娶了梅子，小日子美气得不得了。

今年的麦黄的季节，我终于回到了阔别了十五年的故乡。故乡变化太大了，我虽然看见了老家那金色的麦浪，却不见了少年时那片杏子林。回想那美丽的杏子，我想看看常常想起的如同杏子一般美丽的梅子，还有那和我一起摘杏子的傻乎乎的二傻。梅子成熟得更加迷人了，二傻还是那么傻乎乎的，傻得请了十五天假，花了近千元的路费，回家收那不足一亩地的麦子。因此，当梅子唠叨他不会算账过日子时，我也补了一句：

"这么远，真的不划算呀。"

二傻说："值得呢，我不光收麦子，还要摘杏子呢。"

哪里来的杏子呢？我随着二傻来到河边，真的一株粗壮的杏子树。树叶茂密，金黄金黄的杏子顶着一脸红颜，像极了少年时的梅子，勾人的魂呢。二傻说，这就是当年我俩摘下的杏子种下的树，十年前就挂果了。二傻还说，十年了，每到杏子黄了的时候，我无论在哪里，都要赶回来给梅子摘杏子。

二傻说罢，看着那树杏子傻乎乎地笑了，笑得很甜，笑得也很幸福。

前湾的老汉

一条山梁那么一绕，顺畅的河道就绕出两道湾，上游的叫前湾，下游的叫后湾。老汉住在前湾，就叫前湾的老汉吧；那个杀猪的住在后湾，就叫后湾的杀猪佬了。

大雨过后的那个早上，前湾的老汉推开门，就看见后山的垭口有一个人走了过来。老汉虽然八十高龄了，依然耳不聋眼不花的，不用细看，就知道那是后湾的杀猪佬来了。垭口有一条山道，原来是连接前湾后湾的便道，人来人往十分热闹。后来，有了公路，人们车来车往的十分方便，这条路就冷清了。再说了，后湾和前湾又是两个不同的村子，三年了，除了后湾的杀猪佬走过几次，前湾的老汉再没有见过后湾里其他的什么人。

前湾的老汉和后湾的杀猪佬本来也没什么联系的，因为那一把粮，他们才有了联系。前湾的老汉种了十几年的地，一年一年地积攒，粮食也有了一万多斤吧；而后湾的杀猪佬虽然开的是杀猪案子，却也喂了十几头的猪。猪吃草吃饲料还要吃粮，前湾的老汉和后湾的杀猪佬就有了来往。杀猪佬想，老汉的粮放在那里还长虫，梁靠梁的邻居，比市场价低上一毛两毛的买了他的粮，不仅解决了他的困难，自己也能节省一些脚力。可是无论后湾的杀猪佬说什么，前湾的老汉都不答应卖他的粮。前湾的老汉说，我种的粮是给人吃的，怎么能卖给你喂猪呢？

后湾的杀猪佬说，怎么不能喂猪呢。只要给钱，你管我买的粮做什么！前湾的老汉倔，说，我管不了你买粮做什么，可我能管住我不能卖。你有钱你能咋的？

后湾的杀猪佬犟，说，我不信你和钱有仇。我给你市场价买你的粮，你卖不？见前湾的老汉不答话，后湾的杀猪佬咬着牙又说，我用成品粮的价买你的毛粮，你卖不？见前湾的老汉还不说话，后湾的杀猪佬咬咬牙赌气地说，我用白米细面的价买你的粮，你还有甚话说？

前湾的老汉听到这里，笑笑说，你用金子的价我也不卖给你。后湾的杀猪佬听了，就说，那你就让虫吃吧，吃成一包灰，吃成一包糠。好心帮你呢，你好像和钱有仇似的。再说你也一大把年纪了，赶紧卖了粮，好用钱，没准以后好了谁。

前湾的老汉听了后湾的杀猪佬的话，顿时生了气，说，你以为老子没有钱了，你就可以把老子的粮买了去喂你的那些畜生？不管你咋说，老子就是穷死了，反正老子种的粮不卖给你畜生！

前湾的老汉没有想到自己会骂人，几十年都没有骂过人了，今天咋就骂了人。后湾的杀猪佬倒没有觉得有什么了不起，这些年买粮买猪卖肉的，骂了不少人也挨了不少的骂，骂了就骂了。前湾的老汉看见后湾杀猪佬没事人一样，就觉得过意不去，回到里屋拿出陈年的甘蔗酒，两个人一杯一杯地喝了起来。

一杯又一杯，两个人都有了酒意。前湾的老汉说，我种的粮就是为了卖钱，卖给畜生吃我不卖。后湾的杀猪佬说，现在的人都成了精怪，白米细面地送上门还要挑着吃，谁还买你的毛粮？话不投机，还是喝酒吧。他们就继续喝酒。前湾的老汉倔，后湾的杀猪佬犟，一倔二犟的两个人生生是成了酒友。喝酒归喝酒，前湾的老汉说什么也不答应把粮卖给那些畜生吃，而后湾的杀猪佬咋的都要把粮食买了去喂那些畜生。

夜深人静了，前湾的老汉想，那些粮食不是不可以卖了喂那些畜生，他真的是不忍心呀。多么好的粮呀，白亮亮的麦子，金灿灿的苞谷，能勾得出人的魂，咋能去喂那些畜生呢？老汉弄不明白，老汉不明白这些年粮食咋就这么贱。当初包了这块地准备种粮的时候，村支书就不要他种粮，让他种烟，说种一亩地的烟能抵三亩地的粮。可是他偏偏要种粮，他说烟能当饭吃吗？烟不能当饭吃，烟真的能卖钱，有了钱，白米细面都送上了门。而他种的粮呢，竟然没有人要，前几年粮站不收粮只收钱，这几年连粮站都没有了，粮食就没有地方卖。粮食没有地方卖了，村支书又让他种药，他还是坚持种粮。究其原因，大概是因为死去的老婆儿子的缘故。那是那个饥荒的年代，先是一双儿子饿死了，后来是老婆饿死，如果那时候有一把粮，怎么会饿死呢？有了这个想法，他就坚持种粮食，为了死去的老婆和一双儿子。一年又一年，就有了这么一万多斤粮食。因此，他怎么能把粮食卖了喂畜生呢？不能卖了那就不卖了吧，任凭后湾的杀猪佬说得天花乱坠。

不过，今天不一样，今天后湾的杀猪佬来买粮可不是为了他的那些畜生，而是为了人。昨天一夜的暴雨，后湾村一个村子全毁了，三千多口人没有了一粒粮，而政府的救济最快也到五天以后去了。四周一片水泽，哪里都没有粮。如果把那一万斤粮食买到手，再卖出去，比杀一年的猪都赚钱。有了这个打算，天一放亮他就赶到前湾老汉家。

后湾的杀猪佬见了前湾的老汉，说，老汉，把你的粮食卖给我吧，我这次是买给人吃。前湾的老汉疑惑地看看后湾的杀猪佬，还是一脸的疑惑。杀猪佬说，真的，不相信我开你一个好价钱。麦子按白面的价，苞谷给你白米的价。我把钱都带来了，我给你现钱。总该信了吧。

前湾的老汉看看那一沓沓的钱，脸一沉，说，莫不是后湾受灾了吧，昨天夜里打了一晚上的雷。

后湾的杀猪佬知道前湾的老汉是一个精怪，就把什么都告诉了前湾的老汉。前湾的老汉听了后湾杀猪佬的话，仍然摇头说，不卖，一粒都不卖。

后湾的杀猪佬急了，急忙说，我是买给人吃，你说不能卖畜生吃呀？前湾的老汉说，我不卖给畜生吃。可你连畜生都不如，我卖给你做甚？说罢，前湾的老汉就挑了一担麦子去了后湾。那一刻，前湾的老汉做了打算，他要把自己的那一囤粮都捐给后湾。他想，我的粮食金贵，咋的都不能卖给畜生。

办年货的老人

　　儿子还不见回来，再不能等了，都腊月二十九了，这可是最后一个赶场的日子了，阴坡老人准备赶场办年货了。老人知道，腊月里好多个办年货的日子，只有最后这一个是留给他的。

　　自进了腊月，老人一直等儿子回来，而且等了五年了，儿子也没回来。老人没打算上街办年货。办什么呢？一个人过年有什么意思。再说了，也没有钱。可昨天晚上侄子来了，送了一方豆腐、一棵白菜、一块肉，还给了他一百元钱。侄子说，林娃子没有回来，你上街赶场随便去买一点什么吧。

　　去买什么呢？现在的日子好了，米、面、油什么都有，就是没钱。钱能买吗？今天有钱了，去买什么？老人什么都不想买，一想到儿子，他还是去了。万一儿子回来了，咋办？只有这么一百块钱，买什么真该仔细算计一番。

　　对子是应该买的，年味在哪里呢，首先是贴对子、挂灯笼、放鞭炮。灯笼已经糊好了，侄孙子还在上面画了一些花花草草，很是漂亮。那去买对子吧。老人虽然不认识字，可知道对子还是洪先生写得好，那字写得有骨头有肉，来年就有福。那一年什么名人送春联，为了贪图便宜拿了一副，可写的字花不灵当的没人认得，弄得一些人胡念，念得儿子出门打工如今都不回来。过年图个吉利，可不能让人说一些不吉利的话。

洪先生是老熟人了，一看见他就笑。洪先生说，对子早给您准备好了。洪先生又说，对文还是老对文——"天增岁月人增寿、春满乾坤福满门"。然后，洪先生还递过来几个小签子，特别交代说是送给他的"身体健康"，老人听了十分的温暖。更温暖的是洪先生多少年都没有忘记的习惯，不经意地把那个签子做了一个记号。他担心老人又把"六畜兴旺"贴在了床里面。

买了对子，又买了一封鞭炮，还要买一点什么呢？应该买一点吃的了。过年要吃什么，鸡和鱼是必须有的，吉庆有余呀。鸡自己套了一只，虽然是野鸡，但它还是鸡。老人本来是要到河里弄一些野鱼的，可上游的化工厂把鱼都毒死了。原来河里鱼真多呀，拿个铁锤照水潭里的石头砸几锤，水里就冒出一碗多鱼。鱼买了，还要买一点什么。还得割一点瘦肉，过年的饺子是要吃的。葱自己有，生姜还得一疙瘩。这一来二去的，钱的堆头大了，钱却少了。老人想，现在的钱真的不值钱了。想起那时候，可是那时候钱倒是当钱用呢，一是没有钱，二是有钱也买不来东西，哪跟得上现在。

钱虽然少了，该买的东西还是要买。现在买什么，应该买一点火纸，买香，死去的先人也等待了一年了。先人养儿子为了什么，为了养老，为了死后有人思念。可是自己的儿子呢？老人又想起自己的儿子了。儿子几年前出外打工去，到现在也没有回来。那一年老伴有病，咋都想看一眼儿子再走，可是到老伴走了都没有看见儿子回来。都说养儿防老，防的什么老呀。儿子指望不住了，自己该尽的孝心是不能忘的。老人买了香，买了火纸，又买了一把子新版冥币，他希望地下的先人和老伴能过一个有钱的好年。

下来该买一些什么呢，老人不用想，去灌一点酒吧。过年咋能不喝酒呢？万一儿子回来了呢，儿子是喜欢喝酒的。要酒还得去买酒杯，老酒杯让猫子翻出来打碎了。买几个呢，自己是一个，儿子一个，最好给儿媳妇也买上一个吧，有了媳妇的应该给孙子也买一个，他不喝酒了可以喝糖水。那么，白糖也应该称上一斤。买白糖的时候，老人又换了几张新钱，好做压岁钱。既就是儿子他们不回来，侄子和侄孙子会来的，来了总不能空着手吧。

给先人们安排好了，后人的事情也想到了，老人想给自己买双袜子。一冬都没有穿袜子。想想，钱还是留着吧，过了年就是春天，种子是要买的，化肥也得一点，那一点钱得算计着用。那么现在做什么呢，就回家吧。背篓里面的东西虽然不多，可肩上是沉甸甸的，背心里也是热乎乎的，就像当年背着儿子。他不由自主就想到了儿子。

他想，外出的儿子要是回来就好了。

他想，要是儿子领回来一个媳妇就更好了。

他又想，要是儿子领回来一个媳妇和孙子那就更更好了。

末了，老人想，既就是没有媳妇、没有孙子，只要儿子回来就好了。老子老了，谁知道明年腊月是死是活呢。

想到这里，老人的脚步加快了，他担心儿子回来了，也许还有媳妇、孙子在寒风里等着他回来。

百家被

　　我不在家的时候，母亲一定是听信了那个算命先生的蛊惑，说我龙年不顺，母亲就准备着给我做一床百家被。

　　在家乡的传说中，"百家被"是用来禳福避灾的，但"百家被"缝制起来是非常费劲儿的。首先，它的材料必须到一百家去讨要，而且还附带一百家的一百个真心的祝福。我家住在一个小山沟里，四邻的乡亲就分散居住在山坡、山梁上，或是在另外一个偏僻的小山沟。如果要做一床"百家被"，单是到一百家讨要布角就要十天半个月的时间。母亲已是74岁的老人了，头昏、眼花、耳聋、腿脚不便，我担心如果母亲在为我讨取幸福的路上发生意外，我的心就会永远不得安宁。况且，我从来都不信这些鬼语巫言。母亲说："你信也罢，不信也罢，但至少没有坏处吧。"为了阻挡母亲的脚步，我不得不说出违心的话："'百家被'太土气，摆在床上别人笑话。"母亲抬起头，用那昏花的眼光盯了我好久好久，然后叹一口气，起身去逗她的孙子去了。我也叹了一口气。我想母亲总算是听了我一句话。

　　可是，时隔不久，母亲来到我蛰居的小城，一脸疲惫，一身风尘，背上还背了一个大包袱。我想，母亲一定又是给我送吃的来了。我满怀欣喜接过包袱，当着她的面打开，看到了家乡传说中的"百家被"。

这是怎样的一床被哟。雪白的被里虽然与普通的被子没有什么差别，可夹心的棉花却来自一百多个家庭，特别是一百多个家庭的布角组成的五彩斑斓的被面，让人惊叹而且难忘。母亲竟然讨得了六百五十四块布角！不知母亲费了多少心血，对这些布角进行了多少次排列组合，做出了这么一件别致的被面。捧着这件珍贵的"百家被"，回头真想对母亲说一声"谢谢"，而我的话还没出口，母亲又从包袱里掏出一件清雅大方的被罩，说："嫌土气了，用被罩罩起来，别人就不笑话了。"

听了母亲的话，我的泪潸然而下。此时，我才理解，母亲为儿女求幸福的脚步是不可阻挡的，纵然有千难万险，纵然是天涯海角，母爱无处不至，母爱无处不在。

四　奶

　　四奶甚时来到冷水河，没人记得了。只记得那年瓦的娘生瓦，爱折腾的瓦折腾了三个时辰，瓦还不愿出来。接生婆问是保大人还是保小孩时，那时还是四婶的四奶杵着小脚一捣一捣地来了。四婶净了手，又用蚊香薰了薰，伸手就把爱折腾的瓦拽了出来。捞住腿，又在瓦那粉嘟嘟的屁股上扇了两巴掌，瓦就响亮地嚎叫开了。瓦的娘听了，脸上也有了血色。

　　自此，人们就记得了四婶。四婶从哪里来？四婶有男人吗？四婶有儿女吗？没人知晓。只晓得四婶住着村口的两间瓦房。房外屋檐下有箱蜜蜂，墙角有一群鸡，房前有一块地。地边有四奶栽的一株桃，一株梨，一株枣，一株枇杷。平日里，四婶就在那块地里侍弄庄稼，或是坐在门前做针线活儿，四婶的鸡和小花狗就打闹戏耍，蜜蜂飞来飞去地忙活，桃花梨花妖妖地耀眼。逢着谁家的女人要生了，只消在树下咳嗽一声，小花狗竖起耳朵就叫，鸡就静卧脚前，四婶浅浅一笑，放下家什，杵着小脚一捣一捣地就走了。夜里回来，挂着一脸的灿烂，找出一块红布，绣上虎头、二龙戏珠，或龙凤呈祥、鸳鸯戏水的图案，装上麝香、雄黄、朱砂之类的，做成一个红兜兜，第二天给那孩娃系在圆鼓鼓的肚子上。

　　红兜兜镇灾避邪，孩娃没病没灾地疯长。就是生了甚病，也没甚可怕的了。只消在树下"咳"一声，四婶踏着狗声就来了。喘气了，就用梨子煨冰糖；咳嗽了，就在枇杷叶上抹了蜂蜜煎水喝；发筋了，她用麝香烧蚊香推抹。凡是小孩的病，四婶没甚治不了的。况且，都是些小东小西的方子，也花不了什钱，四婶又不收谁三条黄瓜四棵白菜。第二天，男人上山得了麝、采了金差，给四婶分一点，四婶又有了给伢子治病的药了。村里人重情分，欠了谁的人情，总要设法子还上。杀了猪，拎一块肉，年关了，就逮一只鸡，颠颠地给四婶送去。送来了，四婶也高兴地收下。只是三天五日的，四婶又来了。拿一斤红糖和一双绣花鞋，或是三尺洋花布。看着那糖、那鞋、那布，比那肉那鸡贵出了许多，心中兀自没了意思。以后么，就瞅着机会把四奶门前的地翻了，或是把队里分给四奶的粮食送到家里。四婶心里高兴，不住地说着感谢的话。逢着谁家孩娃没奶吃了，她就买了红糖、拿着鸡蛋给人家送去。这是救命的东西，情分是没法还的。得了闲，女人就拉着孩娃去四奶家拉闲话，四婶的家中整天都是热热闹闹。在这热闹声中，也有人想给四奶找个伴儿。可是人们不知道四婶从哪里来，四婶有没有男人。末了，他们又想，即便是四婶没有男人，满村里谁又配得上四婶的贤淑和美丽呢。没人配得上，人们只好作罢。也有人想让自己的孩娃把四婶认作干妈，又想四婶对谁的孩娃都亲着爱着，也只好作罢。只是以后到四婶家来得更勤了，帮忙的也多了，四婶家里好滋润。

就这样，挨着瓦的媳妇生下小瓦时，四婶明显地老了。四婶就成了四奶。成了四奶的四婶平日里依旧在门前的地里侍弄庄稼，或是在门口做针线活儿，新来的小黑狗和先前鸡的后代们就在院舍里戏耍，蜜蜂在枝头花间忙活，桃花梨花妖妖地耀眼。这时，村里虽说有了医疗站，却没人信得过。十天半月的，那树下就有一声咳嗽，引出小黑狗的一声欢叫。四奶就放了家什，踏着狗吠一捣一捣地走了。夜里回来，依旧是一脸灿烂的笑。找块红布，绣上虎头、二龙戏珠，或是龙呈祥、鸳鸯戏水的图案，装上麝香、雄黄、朱砂之类的东西，做成红兜兜，第二天又系在孩娃圆鼓鼓的肚子上。孩娃气喘了，依旧吃四奶的梨子煨冰糖；咳嗽了，四奶还用枇杷叶抹了冰糖煎水喝；发筋了，四奶还是用麝香点蚊香推抹。都是些小东西的方子，四奶又不收谁的三条黄瓜四棵白菜。

四婶成了四奶后，一切都似乎没变，其实一切都变了。四奶亲手栽植的桃树、梨树、枣树、枇杷已长得有水桶粗了。红兜兜上的图案虽然未变，红兜兜里虽然依装着麝香、雄黄、朱砂，但系红兜的孩娃已不是当初的孩娃了，当初的孩娃已成了孩娃的父亲或是母亲。山里也没了老獐了，红兜兜里的麝香是四奶托人从山外买回来的。日子也日渐好了，村里的喜事也日渐的多起来，三天五日的，就有人娶媳妇或是盖房子，要么生儿育女，家家都要摆几席，把四奶请上首席。四奶虽说不喝酒不吃肉，但谁也忘不了四奶。吃罢了喜酒，四奶就让当初的孩娃帮她下了满树的梨，或是桃，或是枣，或枇杷，每家每户送一点，然后背进城卖个好价钱，捎回一些红布、花线、雄黄、麝香、冰糖。这些都是四奶离不了的，都是那些孩娃离不了的。

　　又是春天了，四奶门前桃花红得妖娆，梨花刚吐白，枣树吐出新芽，枇杷是一片苍翠。四奶就坐在院舍晒老阳儿。四奶面似桃花，发如梨白，身子骨还显出硬棒。四奶该是七十，还是八十，没人知晓。四奶接生了多少孩娃，救了多少孩娃和孩娃他娘的命，没人知晓，四奶也不知晓。四奶坐在院舍晒老阳儿，看见当初的孩娃在山峁拦羊，在山腰开矿，在河边种地，看见孩娃的孩娃在学堂里读书，在操场上打球，在教室里唱歌。四奶看到这儿，浅浅地笑了。笑罢了，四奶就闭上了眼睛。

　　四奶死了。四奶死了，小黑狗卧在她的脚前，鸡在她的身后觅食，蜜蜂在花间忙活。一阵风拂过，粉红的桃花，洁白的梨花，飘落在四奶的头上，脸上，身上，枝头上就隐约可见小小的桃或梨。枣树也有了绿意，宽厚的枇杷叶间的枇杷亦有指头大小了，门前的地里，绿意盎然。

树　桩

　　树桩不是树桩，树桩是一个人。

　　树桩今年六十岁了，是个老树桩了，老树桩仍然住在四十多年那所石板房里，守护着那片林子。

　　比四十年还早一些的时候，树桩是公社伐木队的队长。树桩领着公社抽调的百十个劳力挨村子砍树。那时的树桩年青，身体壮得像一头牛，砍起树来像是和树有几辈子冤仇似的狠，梆梆梆，随着木屑飞溅，那树"咯扭"一下就倒了。树倒了，粗的交给公家，细的就用来炼钢铁，还有的任它倒在地上长木耳或是生蘑菇。木耳或是蘑菇长了摘，摘了又长，一茬挨着一茬子，犹如树桩家的奖状，一张跟着一张来。只是那树倒了就倒了，再也长不出来，那山就被他的斧头砍得精光。每每看着被自己伐光了树的山坡，他就笑了，他冲着满坡的树桩说："看你厉害还是我厉害！"

　　树桩真的厉害，可山比树桩更厉害。树桩领人砍完了他屋后那片林子后，下了一场暴雨，山洪就带走了他的家，也带走了他的女人他的猪他的羊。山洪下来的那夜，树桩正在邻村砍树。树桩听说后，知道山神发怒了，他犹如大梦初醒，就把自己斧头在石头上砍，使劲的砍。坚硬的石头被砍得粉碎，他就把斧头砍成烂铁疙瘩，树桩才扔了斧头奔回家了。

　　可是家已经没了，有的是满坡的沙石和浑浊的洪水，汹涌着流向倒流河。没有家了，村里就在后沟口给他盖了一间石板间，他要求看护后沟经常被外村人偷伐的林子。一坡的林子已被砍了一多半，村里还要砍，只是村里急着要砍前沟，要砍右沟，还要砍左沟。起初树桩还去阻挡。可他挡了右沟人家砍左沟，挡了左沟人家砍右沟，挡了右沟人家砍前沟，那么多的一个人是挡不住的。挡不住了，树桩只是照看后沟。照看后沟的时候，他在后沟的荒坡上栽树，一棵棵地栽，一年年地栽。

树桩的树还没栽出名堂，村里人砍完了前沟，也砍完了左沟，又砍完了右沟，村里人就打算砍那没有砍完的后沟。后沟里有树桩，树桩不答应。村里组织再多的人，树桩都不答应。树桩就像一个树桩一样扦在通向后沟那一条唯一的便道上，没有人上得去。软的不行，硬的也不行，就连"文革"时他戴着一顶坏分子的帽子时，也没有人敢上后沟去伐树。有人想伐树了，他就像一截树桩一样立在通道中间，谁也上不去。集体伐不成了，个人就想到偷。树桩不仅喂了狗，而且在便道上安插了许多的铃铛，一有风吹草动，树桩就铁着脸坐在便道上抽烟，一任别人好话磨烂了嘴皮，他仍旧是一动不动。无论是村长，还是亲戚，他都不让。记得有一年村长给他介绍了一个女人，女人喜欢树桩，树桩喜欢那女人。女人想弄一棵树给快要出嫁了的女儿做一张桌子陪嫁女儿，嫁了女儿然后就嫁给树桩。可树桩怎么也不答应。树桩不答应，女人掀了被子就走了。走在崎岖不平的夜路上，女人只想要树桩能送自己一程，自己也就原谅了树桩。可树桩愣是没有动身，他担心他送女人的时候，有人钻了空子偷了树。就这样，树桩看护住了那片林子；就这样，树桩几乎得罪了所有的人。

树桩得罪了所有人的时候，也救了所有的人。

那一年下大雨，两天两夜的大雨泡软了前沟、左沟、右沟光秃秃的山。山坡上的泥土变成稀泥，就和着流水涌向了小村。小村没了，房子也没了，四处的人只有涌进了树桩看守的后沟。后沟的林子成了全村人躲避灾难的地方，后沟里树木也给了全村人渡过灾难的粮食和籽种，全村人不住地经常念记起树桩的好处。

树桩栽下了树，成了林子后，集体没了。集体没了，村里就把林子分给个人，个人都抢着斧子砍树。可树桩还是不答应，树桩摆出一副拼命的架势挡在便道上，人们也无可奈何。无可奈何的人就找到村长，村长只好把林子收回来，也撤了树桩的护林员。断了工钱，也断了他的口粮，树桩几近失去了所有，但他守住了这林子。他想，有了这片林子，他也有的吃有的喝，他甚都不在乎。

树桩不在乎，别人很想把那片林子变成大把大把的票子。四周的树都砍完了，唯有这块不得砍伐，眼看着大把大把的票子躺在那儿不能利用，人们就积极地想办法。可他们想尽了四十年办法，树桩仍然不为所动，树桩一动不动地守护着那片林子。

待我死了你们再打它的主意吧。看着那片林子，树桩想。

死了我也要守住那片林子。看着那片林子，树桩又想。

痴呆了的父亲

父亲老了，日渐的苍老。让人难受的是苍老的父亲还得了老年痴呆症，记不得自己的过去，记不得自己的现在，也记不得回家的路了。最让人难过的是有时候不认识家人了，不认识自己的女儿，不认识自己的孙子，就连我这个他最喜欢的儿子也记不得了。偶尔回家忘记带钥匙了，父亲隔着防盗门看着自己的儿子，说，我不认识你，愣是不开门。

记忆里的父亲是一个非常爱家的人。工作再忙，只要不加班，他从不在外面吃饭，每天按时回家陪家人。他喜欢做饭，而且手艺好，回家就在厨房里忙活。我们家人不多，吃饭的口味却不一样，父亲每次做饭，简单的几个菜还要做出不同的口味，真是难为了他。可如今，他连自己最喜欢的儿子都记不得了。

父亲虽然不记得儿子的长相了，可记得儿子的爱好。

冬至那天，我和几个亲友一起去吃饺子，我把父亲也叫在一起。那几个亲友原本和父亲非常熟悉的，有一个是我父亲多年的至交，他自然都不认识了。任我们怎么回忆，父亲都是一脸茫然。我们顿觉得黯然，让服务员上饺子。热气腾腾的饺子端上来了，父亲竟然伸手抓了一个就放进自己的口袋。我急忙拉住父亲的手，问父亲干什么？父亲轻声说，我儿子也喜欢吃。说得我的泪潸然而下。

父亲对我们是非常严格的，但还有柔软的一面。记得我上初中的时候，父亲和母亲两地分居，我跟随父亲在他工作的地方上学。每天吃饭，要么是他给我亲手做，要么在机关食堂吃。父亲是一个领导，难免有一些工作上的应酬，有时候实在是顾不上我吃饭的事了，他也从来不让我和他一起蹭饭，既就是残羹冷炙也不曾让我吃过一星半点。父亲也不许我接受别人的小礼品，哪怕是一支铅笔，一个作业本，抑或是一只冰棍儿。

自然，父亲也不接受别人请吃，也不接受别人的礼品。家里有客人来，如果提着东西，任凭客人磨破嘴皮也进不了门。有亲戚来了，父亲要是实在不好拒绝了，走的时候一定会备上等值或者超值的东西送给亲戚，弄得亲戚一脸的赧然，甚至是发脾气，父亲也不改初衷。

父亲的这个习惯一直保留到现在。我们家里如果有客人提着东西来，他发现的话一定会阻挡住客人不许进门，要么走的时候让客人带走。记得我女儿的男朋友第一次上门拿着东西来，他硬是不许进门；在我女儿的劝说下，虽然进门了，走时他一定要让我女儿准备一份礼物让那孩子带走。他说，他凭什么给我们家拿东西？女儿只好把厨房的垃圾交给她的男朋友，让他带到楼下。

现在呢，父亲连家人都不认识了，我们家里人买东西回家时，都要小心避开他。如果被他发现，我们也回不了自己的家了。后来，我们摸索到一个办法，万一要是让父亲发现了，我们就给他一支毛笔，让他到房子里去练书法。父亲什么都忘记了，独独没有忘记写字。拿起毛笔，他立马就沉浸其中，一笔一画，写得不亦乐乎。

父亲的一生是忙碌的一生，也是艰苦的一生。少年时没有过一天好日子，参加工作了一直忙忙碌碌干活。当干事，还是当市长，一步一个深深地脚印，很少有清闲的日子。平日里不吃烟，不喝酒，唯一的爱好就是写写毛笔字。

父亲没有退休的时候，整天就是忙，他有忙不完的工作。他也期盼着早日退休，退休了要好好享受生活，颐养天年。如今退下了，该他老人家好好享享清福了，却患上了老年痴呆症。我不知道老年痴呆症病人的内心世界是不是有他自己的幸福，可我发现父亲对什么都无所谓了。给他精心准备的食物，他是麻木的；他喜欢看的电视节目，他是麻木的；最熟悉的人和他说话，他也是麻木的。听觉，味觉，视觉，对于他来说，他什么都不在乎，他对什么也都无所谓了。

他唯一喜欢的就是写字。有时，他在书房里可以写一天的字。

那一天，现任市长来看望他。给他说了很多话，他都是一脸的漠然。当市长听说他每天都在练字时，拿起毛笔一定要父亲给他写一幅字。父亲欣然同意，把市长领进书房，挥毫泼墨，一气呵成。

那是一个"人"字——顶天立地，一身正气。

那是父亲写得最好的一个字。

雨中的父亲

对父亲的记忆是镶嵌在雨中的。今天的窗外又是阴雨，我又想起了雨中的父亲。

在上中学以前，我记忆中父亲总是偏爱弟弟，每次看到弟弟与父亲亲昵的神情，我非常羡慕，好想和弟弟分享一点亲昵，可父亲没有，一点儿也没有，我只好用冷漠来掩饰我对父爱的渴望，只好用勤奋读书唤起父亲对我的关注。可一切的努力都似乎没有效果，父亲就像太阳关注葵花一样关心着弟弟，而我就像葵花下面的小草，借用太阳的金光孤独的成长。我想父亲是不爱我的，我在心里隐约对父亲抱着一丝恨意。这种恨直到我上了初中，我才明白父亲爱的真切。

那是一星期天，因为河里涨水我无法回家，上个星期天带来的菜没了，粮也吃完了，我只好龟缩在床上，用睡眠来对付不时袭来的饥饿。可睡眠并非饥饿的对手，一次次的美梦都被饥饿吵醒，醒来了我就无望地盯着饥饿的屋顶，想象着十几里外的家和家中幸福的弟弟。我想，我如果是弟弟，父亲该怎么对待他呢？我几经努力，父亲会怎么对待弟弟，我怎么也想象不出，倒是眼眶里的眼泪却像屋檐上的雨水，汩汩地流。于是，我对父亲的恨意随着这雨水一点点积聚，直到那份恨意积满心胸，我才漠然地睡去。在睡梦里，我积聚的仍然是对父亲的恨。

可是，当我再次从梦中醒来时，看见了雨中走来的父亲。父亲戴着没了帽顶的草帽，用从村长家里借来的雨衣包着包谷糁、菜和干粮从雨中走来。我知道河里的水大得父亲怎么也不能趟过，父亲一定是贴着河沿走过几架山来到我上中学的小镇。父亲舍不得穿鞋，甚至连一双破草鞋也没有穿，脚面被荆棘和利石割划出许多的裂口。随着身上雨点的滴落，父亲的脚上就开出一朵朵鲜艳而美丽的花。我知道父亲为给我送粮是冒着生命的危险，我才明白那脚上的鲜花注解了我们父子情深。于是，我第一次扑进了父亲的怀里，第一次在父亲的面前放声大哭。泪水洗去心中所有的仇恨和委屈后，我终于明白，父亲对儿女的爱是平等的，只是对不同的孩子有着不同的表达方式。

　　父亲在雨中的情景激励我读完初中、高中，因为身体原因我并没被大学录取。在父亲的奔走下，我又成为一个乡村代课老师，也许正因为我身体的原因，父亲开始为我安排另一件事情。那段时间，父亲常常利用农闲的雨天去拜访他的一个难友，将难友的女儿小梅收为义女，本不来往的两家就有了许多的来往。当我为父亲的举措颇感费解时，父亲却又在一个风雨天来到我教书的学校。那一天他喝过许多酒，披着一身的春雨告诉我："事情没弄成。""什么事没有弄成？""亲事。""跟谁的亲事。""你和××的亲事。"望着我懵懂的神情，父亲又说："你以为我仅仅是要收她做义女，我是发现她聪明能干，想给你做媳妇呢。没想到她没答应。"父亲说罢，竟然流下我没有见过的眼泪。父亲的眼泪落在早春清冽的风雨里，我的心里满是说不出的感动。

　　父亲的一生中经历过太多的风雨。幼年丧父，解放初兄弟失散，三年的牢狱，36年的"反革命"的生涯，人生的风雨和坎坷一场接着一场，一件接着一件，父亲都用他单薄坚强的身体扛着过来了。父亲瘦小的身躯之中不仅有铮铮的铁骨，也有着追求美好生活的执着，有着对友邻亲朋的关爱，有着对儿女的关怀和期盼。风雨中的父亲没有伟大的理想，也没有可歌可泣的业绩，却有着一个普通老人可亲可敬的正气。他总想努力地遮挡所有的风雨，留给儿女的是遍地的阳光。

父亲从风雨中走来，又在风雨中离去。父亲离去的那几天不仅有雪，也有雨，雨雪交加的天气，我们正在熬煎父亲上山道路的艰难。可在上山的前夜，雪停了，雨也住了。我不知这是上苍感念父亲一生中历经了太多的风雨而发出的慈悲，还是父亲乞求老天恩准不让自己的儿女和亲友再受风雨的折磨的努力结果，反正父亲上路的前一天雪停了，雨也住了，太阳还露出了难得的笑脸。在送父亲上山的那一天，遍地都是金色的阳光。

绝　技

　　大凡一般的茶蛋，先把蛋壳打损，放在茶水锅里煮。煮熟剥了壳，蛋白变成茶色，就算是茶蛋了。吃起来与清水煮蛋没有两样。而杨矮子的茶蛋，不但蛋壳不损，而且蛋壳上还有一枝两枝、三片五片的茶叶，犹如一幅清淡素雅的水墨画，玩味再三，咬牙剥皮，淡绿的蛋白上一枝两枝、三片五片的茶叶活活地蹿入眼里，丝丝缕缕的热气缥缈袅娜，就像一杯馨香的西湖龙井待你享用。忍不住啜一口，口角生津，丝丝清香沁人肺腑，同时也真真切切品味到鸡蛋的原汁原味，并且已变得温软柔滑、如脂如膏了。更兼那蛋有清心明目、祛火除热之奇效，那蛋就一日赶不上一日卖。

　　杨矮子的茶蛋成了俏货，按说该请上俩伙计，摊子弄大点儿。可杨矮子不，每天煮一百个茶蛋是木板上钉钉子了。而且从不在家卖蛋，总是挑着担子沿街转，一边卖茶蛋，一边收鲜蛋。卖了蛋买了蛋，就来一段口技，逗得大家笑呵呵，他也哈哈笑，算是酬谢顾主。末了，又是买又是卖，又是口技又是笑。杨矮子和善，就是不买蛋卖蛋，吆喝一声，他也会来上一段。遇上难缠的主儿，杨矮子就会一套接着一套耍。

　　杨矮子的茶蛋是小城的一绝，那口技更是一绝。一般人学口技，大约有那么点味儿就行了。而杨矮子的口技惟妙惟肖，使人真假难辨。他学鸭叫，鸭婆子会在他周围"呷呷呷"地转；他学鸡叫，鸡就在他身前身后跳。有一次，他学狗叫，满街的狗都围着"呜呜"呻吟，似乎他就是母狗，或是狗崽她妈，惹得街上人一阵子好笑。小城人都知道，这不过是小菜一碟，更绝的是他能学百鸟的叫声，把各式各样的鸟呼唤到身边，他一翻一笑，一抽嘴一抖肩，百鸟也随之一蹦一跳，一唱一诺，似乎他就是鸟王凤凰。当然，这是绝技，人们只是听说，没见杨矮子耍过。没耍过是没耍过，人们相信杨矮子的能耐。人们都等着，人们有耐心。

人们等着盼着，没想到很快就看到了杨矮子耍的绝技。

这天，日头子歹毒，天气闷热难耐，唯有吃了杨矮子的茶蛋才解热、才痛快。于是，杨矮子的鸡蛋刚出门就卖得精光。杨矮子绕街转了一圈，又买了一百只鲜蛋。杨矮子心里高兴，脚底就抹了油，跑得风快。嘴里还学着阳雀子叫唤，引着阳雀子跟着满街里跑。可是，在丁字街拐弯处，杨矮子碰着人了。一颗颗鸡蛋坠在地上，宛如一颗颗星星闪闪生光。杨矮子从那星星里拔出眼睛，立马又傻了眼。

"二爷，小的该死。"

街上人见杨矮子撞了二爷二癞子，"轰"地围上来。人们知道有戏看了。因为二癞子是无赖，无事都要找事的主儿，警察局局长都得让他三分，况且事儿犯在他手里。没人猜出杨矮子要遭啥罪，反正有热闹好看。

"二爷，小的给您赔三身新，伺候您三日。"

"哼，三寸丁的个儿，你能做甚?"

"爷，小的会煮茶蛋，供爷下酒。"

"你够不着爷的灶台。"

"爷。"

"把您煮茶蛋的法儿说说，爷要慢慢儿受用。"

"爷，那是小人的饭碗。"

"爷专端别人的饭碗。"

"爷。"杨矮子喊了声，泪珠直吧嗒。

"爷等着。"

"爷。"

"要命，还是要碗？"

杨矮子喊声"爷"，"扑通"跪下，磕头如捣蒜。偷眼看看二癞子，二癞子一脸铁青。再看看二癞子裤角上的蛋黄和蛋清，就爬起来，想：命都没了，还要饭碗做甚。于是，甩手照自己嘴巴来了八耳光。就说：

"爷，茶蛋要鲜蛋，还要买西安茶荣庄的一品西湖龙井茶、用商州老董家的白府绸，把鸡蛋和一枝两枝三片五片的茶叶包好，放在冷水里泡三天，先用清水煮俩时辰，然后用文火蒸三支香的光景，再用泉水漂一袋烟的时间。底锅水里要加三月的蛇胆、五月的薄荷、八月的桂花、九月的菊花和腊月的梅花各三钱。"

杨矮子闭着眼一口气说完，二癞子却一声未吭。抬脸望去，二癞子眼珠子耷拉在嘴角上。

"爷。"

"爷不吃蛋。"

"爷。"

"你还能做甚？"

"爷，小的会口技，好给爷解闷儿。"

"爷要听猪叫。"杨矮子学猪叫。

"爷要听狗叫。"杨矮子学狗叫。

"爷要听狼叫。"杨矮子学狼叫。

于是，二癞子说什么，杨矮子就学什么，学什么就像什么。杨矮子似乎忘记了刚才的痛苦，人们就达到了自己的目的，满街的笑声不绝于耳。直到二癞子点不出来了，杨矮子又耍了几声稀奇古怪的声音。

"就这？"

"爷，小的只会这。"

"来段绝技。"

"爷，小的只会这。"

"来段'百鸟朝凤'。"

圈外吆喝一声，震得杨矮子头皮发麻。那可是绝活，除非杀头或传艺，否则是不能外扬的。可二癞子不管这些，二癞子听见后话就顶上来。

"爷要听'百鸟朝凤'。"

"爷，小的不敢。"

"爷等着。"

"爷，小的不敢。"

"爷等着。"

"爷。"

"爷等着。"

杨矮子瞅瞅二癞子耷拉着的眼珠子，又看看身前身后一匹一匹的鸭脖子，自知命该绝了。此处茶蛋也卖不成了，也没了谋生之路，与其做个屈死鬼，不如显示一番手段。想到这儿，杨矮子对天八拜，对地八拜，口中念念有词。接着，各种各样叽叽喳喳如歌如唱如泣如诉奇妙无比婉转悦耳的声音从杨矮子灵巧的口中飞出。霎时，燠热难耐的人们顿觉头顶一阵清凉。抬头望去，天空满是红的白的黄的绿的蓝的花的麻的大的小的五颜六色各种各样的鸟，随着杨矮子一颦一笑，一举手一投足，或盘旋或飞舞或歌唱或呜咽，热闹非凡。

人们正看得起劲，随着杨矮子一声怪叫，鸟雀"呼"地飞走了，太阳"呼"地又来了。杨矮子深深吸口气，仰脸去看二癞子，二癞似木头似的，依然耷拉着眼睛。虽然头顶火毒毒的日头子，杨矮子仍觉得浑身发冷。于是，抖抖地喊了声：

"爷。"

"糊弄爷。"

"爷，小的不敢。"

"爷要看绝技。"

"爷，小的只会这些。"

"爷等着。"

"爷。"

"爷要看绝技。"

这下，杨矮子才明白二癫子不会放过自己，存心耍弄人呢。扪心一掐算命中有这个克星，躲也躲不脱，身子也就不抖了。让人耍了一辈子的杨矮子站直腰，抹把汗说：

"听着，爷给你来段绝技。"

"甚?!"

"人叫。"

"甚?!"

"人叫!"

二癫子立马傻了眼；一匝匝的鸭脖子立马瞪圆了眼。都知道自己人模狗样的在这世道上混，却不知道什么是人叫，都等着听人叫，鸭脖都变成鹅脖子，鹅脖子上伸得长长的耳朵里，就恶出一声火爆爆的人吼。然后，杨矮子就堂堂正正走了。

黄老板

那个叫斋藤近一的鬼子又来了。自从鬼子占领了这个县城后，斋藤近一每天下午都要到藏宝斋来一次，来了就要看看藏宝斋馆藏的古玩字画。兵荒马乱的，藏宝斋已经没有多少珍品了。斋藤近一看了一圈，眼睛里不免有些遗憾，然后就坐下来和黄老板喝茶。

茶是珍品毛峰，水是雪山清泉，用祖传的宜兴紫砂壶泡出的茶水本应清热怯暑，可黄老板越喝心越躁，越喝神越乱。抬头看看斋藤近一，那奸诈的眼神里慢慢生起一股杀气，黄老板背上就生出一股暗自涌动的细流。他想，斋藤近一肯定知道自己家有那么一件珍贵的宝物了。他后悔自己不该不听劝说，早一些回到商州。

黄老板家的宝物是一个青铜宝鼎，传说是西周后期黄氏祖先被周天子封爵时所赐，十分珍贵。因此，老祖宗在鼎上刻有"子子孙孙永保用"的铭文，黄氏子孙谨记祖先教诲，世代相传，历经两千余年，遭遇多少厄运和亲人的流血牺牲，才传到黄氏七十五代孙黄文黄老板的手里。待到黄老板掌管时，黄家拥有青铜鼎早不是什么秘密了，官家敲诈，小偷偷窃，土匪明火执仗勒索，黄老板的女儿甚至为此丢掉了性命。一家人不堪其累，为确保青铜鼎的安全，他不得不携妻带子偷偷来到北方这座小城，开了一家小店维持生计。谁知到这里还不到五年，小鬼子就来了，一来就盯上他的藏宝斋。斋藤近一是不是风闻到什么消息，黄老板无从知晓，可他知道，自己就是丢了老命，这个青铜鼎无论如何不能落入斋藤近一这个鬼子的手里。如果落入鬼子的手里，不仅自己会遭遇人们的唾骂，就连后代儿孙也永世不得安宁。

那么，有什么好办法保住青铜鼎呢？黄老板天天都在思考。黄老板想了很多方法，可惜一直没有一个万无一失的主意。真后悔鬼子来以前没有带青铜鼎回商州老家。如若回了商州就没有这份苦恼了，纵然是让官府夺去，让小偷偷去，甚至是让土匪抢去，还是在中国人手里，也比让鬼子夺去好，至少不会被人骂成汉奸呀。可惜，后悔也迟了，鬼子进城以后，他已经没有了出城的自由了，他只能在家里思考一个完全之策。

然而，鬼子等不及了。又一个阳光明媚的下午，斋藤近一巡查了一番藏宝斋，又喝了一壶茶，提出要看看黄老板珍藏的西周青铜鼎。黄老板说自己并没有什么西周青铜鼎，所有的宝物斋藤先生都看过了，没有什么珍贵的东西。斋藤近一说，你可以开个价，多少钱都可以，要当官也可以。黄老板一笑，可惜我真的没有。斋藤近一听了，冷冷地盯了黄老板一眼，然后拂袖而去。

第二天，黄老板被请进了宪兵队。进了宪兵队，他看见儿子被关进了行刑室。

儿子真是好样的，刑具一道一道的上，除了得到儿子一声声"不知道"的叫喊声，鬼子什么也没有得到。后来，鬼子放下儿子，又对黄老板用刑。黄老板更是好样的，一道一道的刑具用完，鬼子连叫声都没有得到。鬼子岂肯干休，就把黄老板父子关在宪兵队，一天天的折磨，希望得到一个好的结果。

黄老板父子被折磨成奄奄一息了，还是什么没有得到，鬼子就把他们父子放了。他们携手回家，发现鬼子已经把他们家的房子烧了，而且是掘地三尺。黄老板虽然知道鬼子得不到青铜鼎，眼见多年的心血付之一炬，还是忍不住潸然泪下。儿子见了，就急切地问父亲，我们那鼎呢？黄老板说，不要问，鬼子操心着呢。

鬼子真操心着呢。黄老板走出宪兵队就知道有好多双眼睛跟着自己，无论是白天，还是黑夜，他的一举一动都逃不过那些人的眼睛。其实，黄老板不知道还有更多的人操心着呢，在那些他知道的眼睛背后还有很多双他不知道的眼睛盯着他。

在黄老板被关进宪兵队后，大家都知道黄老板家有西周时期的青铜鼎了。那鼎太宝贵了，谁也不愿意让它落入鬼子的手里。在黄老板临时栖居的房子里，不仅鬼子时常拜访，汉奸来了，国民政府的情报人员也来了，就连鬼子要赶尽杀绝的武工队也不顾危险，派人来保护青铜鼎。黄老板知道谁都不敢得罪，只好巧意周旋。

经多次密商，黄老板决意选择武工队把东西运回商州老家。武工队真的有办法，把所有可能发生的事情都考虑到了，把每一个细节都设计得细致周密。在一个阳光高照的上午，武工队不仅把青铜鼎运出了城外，而且把黄老板和他的儿子也带出了城外。骑上骏马，黄老板长出了一口气，青铜鼎以后的命运如何他不可得知，至少目前它是安全的。

可是，就在黄老板策马扬鞭准备离开的时候，一个意想不到的事情发生了。斋藤近一得知武工队协助黄老板运走了青铜鼎以后，竟然把全城五千多名老百姓集中起来，四面架满机枪，扬言黄老板如若不把青铜鼎送回去，他就下令杀了全体老百姓。黄老板当时就傻了，他没有想到鬼子会用五千个老百姓的性命要挟他的青铜鼎。

武工队队长说，我们走吧，斋藤近一不过是恐吓要你留下青铜鼎。

黄老板说，鬼子做得出，他们在南京屠城，还在乎这五千人吗？

武工队队长说，你就是给了鬼子，鬼子也不一定放了老百姓呀？斋藤近一的狠毒你应该是知道的。

黄老板说，可我……至少是……尽心了。

说罢，他把儿子留给了武工队，他背起青铜鼎飞身返回了城。

青铜鼎真是一个好东西呀，斋藤近一看得眼睛都直了。

斋藤近一奸笑着，你咋不跑了呢？

黄老板说，为了这五千多的百姓。

斋藤近一又说，这真是一个国宝呀，你可忍心吗？

黄老板叹息一声说，青铜鼎也仅仅只是青铜鼎，老百姓的命才是国宝呀！

斋藤近一盯着黄老板许久许久之后，他下令撤了机枪，又放了老百姓。然后，他依依不舍地把青铜鼎还给了黄老板。

看看黄老板一脸的疑惑，斋藤近一说，青铜鼎虽然是一个国宝，可是先生的大爱之心更是一个国宝呀。我虽不能改变战争，可宁愿失去一件国宝一级的文物，也不能因为一己之私欲而伤害一个国宝一般的大爱之心。

后来呢，斋藤近一帮助黄老板把青铜鼎运出了敌占区。

再后来呢，斋藤近一在一场战斗中被俘，成为反战同盟成员，做了一名战地医院的外科医生，拯救了许多的伤员。

胸　怀

　　先生愉快地接受了美军司令部交给他的任务——在地图上标出日军占领区需要保护的古城、古镇以及重要的建筑文物。先生知道，盟军将要反攻日本了。先生期待得太久了，想象着盟军的飞机轰炸日本本土那激越的场面，先生长长地吁了一口气。他的心还是充满了快意，他甚至想起那一年在桂林的咒语。

　　那一年，先生和夫人在桂林躲避战火，可是日军的飞机仍然不给他们片刻安宁，一天几次的轰炸这个美丽的城市，轰炸这些善良的民众。一次，当先生看见日军的战机又抛下一串串的炸弹后，先生指着那些耀武扬威的敌机，气愤地说："多行不义必自毙！总有一天我会看见日本被炸沉！"

　　先生对日军不仅有国恨，也有家仇。

　　那一年，先生那毕业于西点军校的弟弟在十九路军服役，年纪轻轻就当上了炮兵上校，前途真的不可限量呀。可是，日军发起了淞沪战争，弟弟的一腔热血洒在了黄浦江边吴淞口。是年，弟弟还未满二十五岁。噩耗传来，先生泪雨滂沱，恨自己不能亲上沙场，为弟弟报仇雪恨。

　　后来，妻弟也穿上了军装，成为一名飞行员。为了保卫苦难的中国，他在蓝天之上和鬼子斗智斗勇，歼敌无数，先生的心里充满了自豪。他希望弟弟驾驶着自己的飞机，赶走日军，甚至是炸沉日本。遗憾的是，1942年的某一天，刚刚出征归来的妻弟正在双流机场休息，日军的飞机又来了。弟弟迎着鬼子飞机疯狂地机枪扫射，冲向自己驾驶的战鹰，想驾驶自己的飞机赶走敌机。可是，还没有等弟弟登上飞机，又一梭子子弹飞过来，弟弟就把青春的鲜血洒在了自己的飞机上。那时，先生已经见过太多的残暴，心里充满了悲苦，眼里已没了泪水，夫人流着泪，写了一首怀念弟弟的长诗。

战争越来越艰苦，大半个中国已经沦陷，栖息着老百姓、记录着人类文明的城镇每天都面临日军飞机的轰炸，先生只好偕夫人蛰居杨子江畔一个叫李村的乡下。先生的脊椎病日益严重，每天必须依靠铁马甲来支撑自己的身体，书写《中国建筑史》。夫人患了肺病，一日日的咳嗽，一日日的消瘦，一日日不停地给他查资料，民国第一美女憔悴得让人生出几多的爱怜。可是，他们谁也没有叫过一声苦，也没有说离开这里。当美国的朋友知道他们的境遇后，来到这里，让他们离开战火，到美国去。

他们说："不，现在这个时刻，我们不能离开灾难深重的祖国！"

朋友说："不能离开这里，日军来了怎么办呢？"

他们一笑，说："前面就是扬子江。"

说罢，两只瘦弱的手紧握一起，平静地看着滚滚东流的扬子江。

十几年的抗战，先生没有离开过这片多难的土地。先生虽然不能驰骋疆场，可先生也一直不忘自己的责任。他们不仅研究中国的建筑，作为中国战区文物保护委员会副主任的先生，也力所能及地保护着他们能够保护的一切。

抗战快结束了，先生终于等到日本将被炸沉的那一刻。先生怀着自己的希望，在地图上勾画日军占领区需要保护的中国的古城、古镇和重要文物建筑。这时，他看见了日本的京都，还有奈良，先生竟然毫不犹豫地把京都和奈良"保护"了起来。不知道先生是否有过犹豫，是否想起日军飞机轰炸中国那些城市文物时那疯狂的举措。就连熟知他的美军司令部的官员也很疑惑。

就问："梁思成先生，为什么会是这样？"

先生很平静，说："从个人感情上，真的希望日本被炸沉。可是，京都和奈良不仅是日本的，也是世界的。"

后来，听说奈良有许多的军事设施必须清除时，先生看着夫人一笔笔地标出奈良的每一个必须保留的文物建筑。每画一笔都会想起一个死去的亲人，可是每一笔都是那么的认真而无误。

太行山上的雪莲

　　小女兵真的很小，还不到十七岁吧。别看她年龄很小，可她已经有两年的兵龄，在他们那个团已经算是一个老兵了。两年的时间打了多少场恶仗她已经不清楚了，她只记得原来熟悉的老兵一个个的都不见了，见到的又是一张张陌生的面孔。可是待到这陌生的脸慢慢熟悉了，他们又不见了。她知道他们干什么去了，她不敢去想，想起他们，她的泪就会汩汩的流淌。她常常劝说自己不能流泪，自己已经是一个老兵了。再说了，按照老家的传说，想起那些熟悉的人不能流泪，流泪了他们在那边也不会安宁。

　　可是，又怎么能不想不流泪呢？她做不到，真的做不到。

　　小女兵是两年前入伍的。入伍前，她是南方一个教会学校初中的学生，那时的她天真烂漫。她知道日本人占领我们了东北，她也知道日本人已经进攻我们华北，十四五的她不知道这些和她有什么关系，整天不是唱歌就是跳舞。偶尔会想起在华北打击日本的哥哥，想起哥哥在家时给她的快乐也有些伤感，尔后依然是无忧无虑地歌唱跳舞。后来的一天，他们家来了好多好多的人，那些人告诉她爸爸，说她哥哥死了，打鬼子受了伤因没有医护人员及时处理，伤口感染病死了。她没有想到哥哥会死，她抱着哥哥留下的遗物哭得天昏地暗，十分伤心。哭罢了，她不顾一切就到了北方他哥哥的部队当了兵。

她真的太小了，又是那么的瘦弱，比一支步枪高不了多少。团长政委不知道该怎么安排她。她想起了哥哥，她告诉团长政委说她在教会学校学习了医疗救护知识，她要求到团卫生队工作。团长政委交换了一下眼神，同意了她的要求。可是，可是她真的太小了，当卫生队的医生领着她走进手术室，看见伤员大腿骨头高高翘出的时候，她竟然吓得大声哭了起来。下午，医生领着她抢救一个腹部受伤的伤员，她看见流出体外红红绿绿的肠子，她又哇哇的呕吐起来。不过她还真是学过护理，经历了几次惊吓，她慢慢就挺住了，而且成了卫生队最好的护士。很快，她不仅是一个最好的护士，而且还成了一个不错的医生，独当一面，抢救了好多的伤员。

医生见到的不仅仅是痛苦，也有许许多多的微笑和喜悦。每次完成一个手术，或者抢救一个危重伤员，她的眼里都会有一份微笑，心里也有一份喜悦。看见她的微笑，伤员紧锁的眉头就舒展开来，争相和她说话，喊她妹子。听了他们的叫声，她以为是见到了自己的哥哥，一声声答应得很甜。不打仗的时候了，也就没有了手术，她总是在病房里待着，给这个掖掖被角，给那个缠缠绷带，像是在照料自己的哥哥。有的时候，她还会按照伤员的要求唱几句南方的歌谣，充满硝烟的病房便有了欢乐的笑声和美妙的歌声。听到美妙的歌声，看见清纯的微笑，有的叫她战地百灵，有的叫她战地莲花。而她自己呢，也觉得应该像是一朵莲花，一朵水莲，像诗里说的那样，不胜凉风娇羞。她真的像是一朵莲花，不但温柔娇羞，而且纯洁无瑕。

那时，正是战争严酷的时候，一场战斗结束了，医疗队就会有许多的伤员。伤员里不仅有我们自己人，偶尔也有一个两个鬼子。别的医护人员见了，都装作没有看见，而她抢救了自己的伤员，又默默地认真地去治疗受伤的鬼子。看见她认真的样子，有的伤员开玩笑地问她，妹子，你知道你把他们治好了他们又会干什么去？她无辜的一笑，说，不知道，我是医生，我只知道他们需要接受治疗。她不是不知道，她也不是不想知道，她真的是把他们只看做是伤员。看见伤员脸上不高兴的神情，她也不想去为他们治疗，可一想到死去的哥哥，她忍不住又去了。记得一次战斗结束，她正在为一个轻伤员处理伤口，又抬来一个鬼子兵。鬼子兵虽然伤势不是太重，可是血流不止，如果不及时治疗，随时就会有生命危险。忙碌的医护人员谁也不理，她很快包扎好伤口，又去处理鬼子兵。这时，几个还没有人处理的轻伤员围了上来，满怀怨恨地看着她。她无助地看看他们，又看看鬼子兵绝望的目光，她还是含着泪处理鬼子兵的伤口。所幸的是，那个鬼子兵伤好以后就参加了他们部队，立下了许多的战功。

进入秋天，鬼子的扫荡又开始了，太行山上到处是枪声。他们团在阵地上已经打了四天四夜了，人员伤亡已三分之二以上。卫生队已经从后方上了阵地，一边抢救伤员，一边投入战斗。两年多了，救了多少伤员她记不清，可是开枪打鬼子她还是第一次。手一用力，枪就响了，鬼子也倒了。她不知道是自己打的，还是战友打的，就那么一枪一枪地打。打退了鬼子，她又去抢救伤员；救好了伤员，她又去打鬼子。不知道打退了鬼子的多少次进攻，也不知道包扎了多少伤员，她只是机械而又本能地忙碌着。

战斗终于结束了，处理好最后一个伤员的伤口，她拍拍身上的尘土，理理乌黑的秀发，准备撤退，她看见一个受了重伤的鬼子兵。鬼子兵很年轻，年轻得像是一个学生。她发觉鬼子兵的伤势很重，如果不及时处理，他会有生命危险。那一刻，她想起了自己的哥哥。于是，她毫不犹豫地走上去，帮助鬼子兵处理伤口。鬼子兵的伤势太重了，她处理得十分认真。处理好伤口，她长长地出了一口气，微笑地抬起头。这时，她发现鬼子兵扬起手里的刺刀，刺向自己。她还不明白怎么回事，自己的血液就飞溅在太行山的上空，一朵朵像是南国水乡的水莲，纯洁娇艳又不胜凉风娇羞。

狗

狗曾经是人最惧怕的敌人。

狗那时叫狼，是丛林里凶猛的肉食动物。喜欢吃兔子，吃小鹿，也干一些与虎谋食的勾搭。人在他们眼里，也只是一道美味的食物。不过人太过狡猾，一般的情况下，聪明的狼是不愿意和人打交道的。

在一个滴水成冰的寒夜里，雪大如席，林海茫茫，山里没有飞禽，地上不见走兽，狼的食物极度匮乏，一群饥饿了很久的狼追随头领，万般无奈地来到一处洞穴前，准备向栖身于洞穴里的人发动袭击。然而，洞里篝火熊熊，这群想吃人肉的恶狼徘徊于洞外不敢前进，也不愿放弃洞穴里两条腿的猎物，只好在洞口龇牙咧嘴地哀叫着，等待篝火熄灭的时候。

忽然，空气里飘来一阵阵从未闻到的气味，这种气味令饥肠辘辘的狼群垂涎三尺。狼群搜寻气味的来源，发现这气味就是从眼前人居住的洞穴里飘出来的。狼在这气味的勾引下，不顾一切逼近了洞穴。他们发现那些两条腿的动物一边在温暖的火边取暖，一边用火烤食动物肉块。香味令狼垂涎欲滴，狼眼凶光毕露，发出低沉的呜吟，意欲进攻冲锋。

这时，受到惊吓的人急忙抓起身旁的石块，驱赶洞外的狼群。石块扔完，还有凶猛的狼不愿意退却，洞穴里的人又急忙把以前啃食过的兽骨砸向狼群。狼在躲闪的同时，发现那些东西竟然有还有奇异的气味。于是，他们迫不及待扑上前争抢那些兽骨。那些骨头上的肉被人吃得差不多了，毕竟还残存着一星半点的肉星和油水，狼还是抢食一空，连那些软骨也吃得一干二净。有了那些肉星和骨头，狼终于度过了那寒冷饥饿的夜晚。

有了这个好的开始，在食物极度匮乏的时候，狼群再次来到洞穴前，嗥叫着要进攻洞穴。洞穴里的人看见洞外虎视眈眈的狼，想起上次来的争食兽骨的事情，随手将火堆旁的兽骨抛给洞外的狼。狼就叼起骨头，欢快的离去了。

时间长了，凶猛的狼觉得人并不可怕，对人的敌意日渐减少。这群狼饿了，就光顾人的洞穴；狼来了，洞穴里的人就主动把骨头抛给外面的狼。狼的兽性越来越少了，人对前来乞食的狼也比以前更加友善。这群经常索要兽骨的狼对洞穴里的人也有了越来越多的好感，慢慢便放弃了对人的敌视和攻击。

又是一个食物匮乏、饥饿难熬的日子，那群狼在首领的带领下，在森林寻找食物，好容易逮住了一只鹿，或是两只兔子，抑或是其他什么，面对这可怜的食物还不知如何分配时，突然遭遇到饥饿的老虎，或者猎豹，抑或是另外一个狼群的袭击。它们对这个狼群痛下杀手，狼群不仅丢失了食物，而且死伤惨重，首领和多只健壮的狼立马毙命，从而成为老虎或者猎豹的食物，虎口余生的狼群在一只母狼的带领下仓皇逃命。然而，丛林之中危机四伏，处处都暗藏杀机。如何度过这危险的时刻，那头母狼做出无奈的选择——走入人的洞穴隐身避难，而且借助人的力量击退了尾追的猛兽。

危险离去了，还得到了一顿不错的晚餐，亦有红红的篝火温暖他们的身心，幼小体弱的狼觉得与人待在一起非常的舒心。是呀，有食物，有温暖，可以放心大胆的睡觉，哪里还有这么好的日子呀。因此，有的狼就破了狼族俗习，整天待在山洞与人在一起，怎么也不愿离去。

对于狼的表现，人觉得又喜又怕。喜的是可以与狼和睦相处，怕的是万一狼哪天趁着人熟睡的时候对人发起进攻该怎么办？人思来想去，还是决定把这些狼赶出山洞。可惜狼怎么也不愿意离开山洞，有的狼围着人的腿打转转摇尾乞怜，有的狼紧紧抱着人的腿，还有的狼躺在地上伸开四腿露出肚皮，通过自己独特的方法向人展示友善，恳求人留下他们。后来，还有几只竟然结伴出去，逮住一只兔子献给了人，作为留下来的礼物。

聪明的人终于认识到狼的价值，他们收留了这群狼。可为了人类自身的安全，人给每条狼的脖子上系上一截绳索，把狼牢牢地拴在洞穴的外面。谁想到，新的好处又来了。

以往，一到晚上，人都是要派人值班守护安全的，现在把狼拴在门口，人就放心了。狼的嗅觉和听力非常灵敏，每当有猛兽或敌对的其他部落人出现于该洞穴附近时，那些被拴在洞外的狼总会及早发现，他们担心自己遭到来敌袭击，个个狂躁不安，总想挣脱拴在脖子上的绳索逃命。谁知道绳索紧紧套住它们，它们就大声嗥叫，提醒洞里的人。

狼的嗥叫引起沉睡人的警觉，急忙起身拿起身边的武器，阻击入侵的敌人。那些被拴着的狼，也尽其所能驱赶入侵的敌人。危险解除，惊恐的狼终于安静下来，人又可以平静地安睡了。

慢慢的，人相信了狼。人解开狼脖子的绳索，狼可以和人平安地相处。人外出寻找食物的时候，狼也斯跟着一起。人发现，有了狼的帮助，很容易找到猎物，而且受伤的猎物也无法逃脱。人的收获增加了许多许多。

后来，狼也把别的狼群的狼也引来，许多还生下新的狼。这个狼的种群就慢慢壮大了。

人离不开狼了。

这时，狼就变成了狗，人最惧怕的敌人——狼，成了人最忠实的朋友。

长耳跳鼠

那是一只美丽可爱的长耳跳鼠。

那时候，我在毛乌素沙漠里的一个油田钻井队工作。茫茫沙海，无边无际，寸草不生，寂寥无限。然而，却有很多的老鼠。老鼠似乎很讨厌我们进入他们的领地，疯狂地报复我们，咬我们帐篷，咬我们的衣服，偷吃我们的食物。更可怕的是老鼠常常咬坏我们的水管，电线，害得我们停工不说，还危及我们的安全。我们不得从内地带来一些猫，消灭那些沙漠的老鼠。

那只长耳跳鼠就是在那时候出现的。

那一天，天气晴朗，阳光饱满，我和队医小花背靠帐篷休息，忽然发现了一只不一般的老鼠。那只老鼠长着米老鼠一样的大耳朵，尾巴细长，尾端有圆弧一样的蓬松的尾穗，前肢短细，后肢修长有力，圆圆的小眼睛明亮有神，吻部尖细，胡须微翘，显得十分的可爱漂亮。也许是我们无意拆毁了它的家园，也许是钻机的轰鸣声吓坏了它。无奈的它傻乎乎地站在我们面前，茫然而无措。

美丽的都是可爱的，老鼠也不例外。庸常老鼠非常的讨厌，我们却喜欢这只美丽可爱的老鼠。帐篷里的猫发出"喵呜"的叫声，我发觉小老鼠面临的危险，急忙召集同事前去捕捉。看到那么多的人追逐，可怜的小家伙跳跃逃窜，有时还能够跳跃一米多高。尽管如此，弱小的它怎么能够逃脱我们的利爪呢。我养过松鼠，抓住了它后，我用铁丝迅速地做了一个小笼子，队医小花又铺上棉花，为它做了一个温暖舒服的小窝，把它悬挂在高高的空中，避免猫的突袭。

有了一个新的客人到来，井队异常的热闹，大家都来观看小老鼠。小东西真是可爱至极，谁见了心里都喜欢。有人说它太像动画片里的"米老鼠"了，有人说它比"米老鼠"还要可爱。我们讨论着老鼠的类别，小花趁机给老鼠拍了照片，发了微博传到网上，片刻就有了好多的粉丝。不一会儿，就有人说它是长耳跳鼠，生活在沙漠地带，被称之为"沙漠米老鼠"，是全球100个濒临灭绝的物种之一。

知道了老鼠的珍贵，我们的心里沉甸甸的。怎么处理这只长耳跳鼠？井队的附近没有野生动物救护站之类的机构，最好的办法还是放生于野地里。井队附近有猫，放了它，等于是喂了猫。我们把它送到了很远的沙漠里。也许是一个陌生的环境，我们打开笼子，它怎么也不离开。我们只好又把它带回井队的帐篷。

我是养过松鼠的，我负责照料这只可爱的家伙。可惜，长耳跳鼠回来后不吃也不喝。喂水，不喝，喂牛奶，也不喝；面包不吃，稀饭也不吃。我好容易找来它喜欢吃的果壳类食物，长耳跳鼠依然不吃。急得我在网络上发帖讨教，尝试了许多办法，都无济于事，老鼠越来越瘦弱。后来，我找来队医，用针管给它注射营养液，还是无济于事。眼看着它日渐消瘦，日渐虚弱，后来死去。死了以后，眼睛睁得圆溜溜的，似是充满了幽怨。

长耳跳鼠死了，我们把它送进沙漠的深处掩埋了。看着慢慢堆起的沙堆，我们谁也没有说话，小花竟然留下两行长长的泪。

擦去泪，小花说，我们要是不来这沙漠就好了，它会好好地活着。

过了一会儿，小花又说，要是那些动物都死了，我们该是多么的寂寞呀。

没有谁说话，我们眼前一望无际的沙漠，沙漠上是一望无际的寂寞。

老　狗

　　老狗一进院子口，发觉那一双双的眼睛里充满了杀气。老迈的步子有些迟疑，它感觉到危险在逼近自己。抬头环视四周的人，它发现都是熟人，才轻轻地舒了一口气，又往里走了几步。谁知道它刚踏进院子，身后的院门立马就关了。不好，大白天关门干什么？老狗这么想着，就感觉一股风劈面而来。老狗抬眼看去，只见主人的侄子举着一根木棒迎面扑来。老狗轻巧转身，便迈开了面前的危险。

　　它不明白，为什么主人的侄子要这么对待自己？平日里关系都是不错的，经常在一起玩耍呀，他有什么好吃的东西，总不忘记给自己分一点呀。而自己呢，对他不薄呀。秋天里，给他弄过野兔；冬天里，给他逮过山鸡。而且，每次夜行外出都是自己陪着他走夜路呀。最有意思是那次他去私会情人，赶着那女人的丈夫提前回来了，要不是自己咬住那男人的裤腿，说不定那男人就会打断他的腿，早让他成了一个瘸子了。可如今，他怎么变得这般凶残呢？

　　老狗想不明白，可那根棍子又明白地飞了过来，处心是一棍子要了它的命。老狗毕竟是一只猎狗，一根棍子算不得什么危险。一闪身，危险又甩到了身后。老狗停住脚步，睃视了一圈那些熟人，它希望那些熟人里有人能够替自己解除危险。这时，它看见了少主人，他希望少主人能够替自己说一句好话。为狗多年，它知道在这些人里面，只有少主人能够降住拿棍子的人。于是，他冲着少主人叫了几声，它希望少主人降服那个拿棍子的人。老狗没有想到，不叫还没啥，随着一声叫唤，少主人也持着棍子冲了上来。

老狗没有想到会是这样，少主人也会加入屠杀自己的队伍。他觉得少主人太不应该了。自己给他做了多少事情，它记不得了；替他背了多少黑锅，挨了多少打，它也说不清了。它记得自己还是少主人的救命恩人呢。记得那次打猎，一条眼镜蛇向少主人发起了进攻，如果不是自己果断出击，少主人也许早就魂归大山了。还有那次在河里洗澡，突然山洪暴发，少主人被卷入激流，如果不是自己推动一根木棒过去，他早就没命了。因此，它和少主人的感情，真可谓情深义厚，谁也离不开谁。可今天这是怎么了？

老狗想不明白。老狗虽然想不明白，可是那两根棍子又明白地飞了过来。老狗老了，两根棍子依然算不得什么危险。随着棍子密集的飞舞，它灵巧地躲闪着。两根棍子算什么？它想起自己和三条狼的恶斗，最后胜利的还是自己。因此，几个回合下来，它就把少主人和那个小子累得气喘吁吁了。望着气喘吁吁的他们，它又委屈地叫了几声。它不明白这是为什么。它快速地回忆了一番自己做过的事情，没有做过对不住他们的事情呀。没有做错什么，他们凭什么要自己的命呢？老狗又冲四周的人叫唤了几声，它希望人群里有个明白人替自己说句话。可是，随着自己的叫声，周围的人都拿着棍子围了上来。

老狗真没有想到会是这样，这么多的人都会要自己的命。回想自己的过去，从来都是勤勤恳恳出山打猎、辛辛苦苦看家护院，从未祸害任何一家人呀，他们怎么能够这样？可是人们不由他多想，拿起棍子把它团团围住，急切地想用一棍子要了它的小命。它明白人多力量大这个道理，它小心地研判眼前的形势，瞅准一个机会，跳出危险的圈子，立马背靠院墙站住。人们没有想到老狗还这么矫健，回过身扬起木棒要打。眼看危险将至，老狗真不愧是一头好猎狗呀，冲上去咬住一个人的衣领，一下子拽到墙角。人们没想到会是这样，立马傻来眼，谁也不敢前进一步。

老狗知道自己暂时安全了，人们不敢贸然下手，他们顾忌自己爪子下人的安全。它知道自己也不敢伤害爪子下面的那个人，如果伤害了那个人，自己彻底就完了。它只有挟持这个人，等待主人的到来。它知道，只有主人才能救自己。主人对自己好呀，自己对主人更是没有什么说的。主人的财富都凝结着自己的心血，主人的危险都是自己去化解，自己的耿耿忠心唯有主人才理解呀。想到这儿，它按住那个人，大声狂吠，呼唤主人到来。

主人终于来了，老狗立即放了那个人，欢快地扑了上去，围着主人撒着欢儿。然后，它依偎在主人的脚边高兴地呜咽，它想把内心的委屈和不平诉说给主人。也就在这时，它发现主人手里寒光一闪，就感觉自己的血喷薄而出。

老狗不明白怎么会是这样，悲哀地看着主人。

主人淡然一笑，说，别怨我，老狗大多都死在自己的主人手里。

老狗依然依偎着主人，依然睁大眼睛看着主人。

老狗死不瞑目。

老 牛

老牛一辈子都在上山下山，哪曾见过这么宽的河滩呀，宽得真是舒心。还有脚下的沙路，那才是软呀，好像是阳春三月自己犁过的春地，不过比那还要软。行走起来虽然用不上力气，可那感觉真叫舒服。沙滩边的草也是绿呼呼的，鲜嫩的草叶之间开着五颜六色的花，几只蝴蝶在花间飞舞，煞是好看。再看草地边的河，好宽呀，还有那水，真的是有气势。老牛也不曾见过，眼睛忽然湿做一团。摆摆头，老牛很想到河边喝一口水。可是，那条不结实的绳子一拽，就拽断自己的想法，老牛只好跟着主人往前走。

那条绳子拴着自己怕有十几年了吧。记得刚拴绳圈的时候，那真是痛呀。痛得它撒着蹄子想狂奔，可一迈腿，鼻子就更痛了，钻心的痛。它就定定地站着，看见鼻子上的血一滴一滴滴在脚下。抬眼看看主人，发现主人的眼睛竟然也有了湿湿的感觉，鼻子似乎不痛了，也就下了跟定主人走的决心。它跟着主人拉过磨，跟着主人拉过车，跟着主人犁过地，也跟着主人躲过雨，还跟着主人斗过狼。它一生的经验告诉它：跟着主人是没有错的。

它跟着主人往前走。他们走过阳坡的水田，走过阴坡没有犁过的旱地，也走过厦屋的磨坊，主人没有停留。走完山沟的小路，走过大路，又走进沙滩，他们还在走。

主人终于停下了脚步。可是这里没有大磨，也没有等它驾辕的大车，更没有让它耕种的水田旱地。这里有很多的人。那些人都鬼鬼祟祟地笑着，笑得不怀好意。老牛兀自心怯，乖乖地躲在主人的身后。它不知道主人要干什么活儿。它想，自己这把老骨头，什么活儿都不怕，就是有一点怕人。想到这里，它有一些惭愧，它想用一件事情提劲儿。它想起自己年轻时期一桩豪迈的事情——斗狼。

那时候好年轻呀，浑身有使不完的劲儿，晴天犁地，雨天拉磨，简直不知道什么叫累。记得那天白天犁了一天的地，天刚擦黑，主人累得倒在地头就睡着了，它一边吃着草，一边忙着和小母牛调情。待到小母牛情也有了意也有了的时候，那只狼就出现了。它"哞——"的长叫一声，主人依然打着香甜的鼾声。这时，只觉得黑影一闪，一阵风扑面而来冲向主人。老牛迎风而起，与狼纠缠几个来回，它瞅准机会用抵角挑住狼肚子，然后死死把狼抵在地边的石头上。也就一袋烟的工夫吧，那狼就死了。而主人呢，依然在地头香甜的睡。好在小母牛有情有义，依偎在身边，乖巧得不得了。

想起那豪迈的事情刚提了一点劲儿，那绳子一抖，劲儿又泄了。老牛觉得自己真的是老了。它发现主人也老了，主人的头发白了，主人的背也弓了，主人的手也没有力气了。一双陌生的手土匪一般从主人手里轻巧地夺过了绳子，而主人什么也不说，还冲着那人堆起了一脸的媚笑，任凭别人人五人六的吆喝。它拧过头想回到主人的身边，那人狠狠的一鞭子打在自己的屁股上，它明白了其中的缘故。握缰绳的人换了，主人也换了。它心里有了一丝怨恨。可回头再看老主人的时候，它心却依恋地说，以后的磨只有靠你拉了，地也靠你耕种了；山路弯多路陡，上山下山你要小心。

老牛这么想着，面相凶恶的新主人已不耐烦了，拉住绳子往前走。那就走吧，可走着走着，它忍不住想要回头再看一眼老主人。它看见老主人一脸的幸福，高兴地在那里数钱，高兴得竟然没有再看它一眼。它心里竟然有了些许悲凉。

这时，那根绳子又一拽，那份悲凉就没了。它一步一步往前走，一步一个脚印往前走。新主人会给它安排什么活儿呢，它使劲儿想象，怎么也想象不出来。想象不出，它就跟着现在的主人往前走，它不知道将走向哪里，它一生的经验告诉它：跟着主人走是没错的。

老　狼

　　狼不得不承认自己老了。他感觉瞌睡多了起来，蹲在那儿就想睡；窝在那里准备好好睡一觉了，脑子却格外地清醒。记忆力也大不如从前了，当下的事情记不住，以往的事情忘不了。比如说昨天吃了一半的山鸡愣是记不起放在哪里了，那些陈年旧事却记得清清楚楚。

　　晒着春天的太阳，那真叫一个舒坦，可以不想那半边鸡了，想想以往的风光吧。狼老了也是靠回忆滋润自己枯燥的日子。再说，消化也不好了，少吃一顿也没有什么关系，而记忆可以让狼充满信心。

　　最风光的还是争夺狼王的那件事。那时候真的是年轻，整日里对谁都客客气气，内心里却是对谁都不服气。特别是看不起狼王老黑的做派，一副老子天下第一的气势，谁他都不用正眼看待，谁的意见他都听不进去。尤其是看见那个公狼和母狼多说几句话，老黑就会龇牙咧嘴叫嚣一番。几次他都想收拾老黑，看看老黑光滑的皮毛和浑身的肥膘，兀自怯了火。那天他只和小母狼多说了几句话，还没有多少想法，老黑竟然冲上来不问青红皂白的教训他。他知道老黑心黑，如不迅速逃跑，自己非死即残。可逃跑已没有机会了，他只能仓促应战。自己硬是凭着年轻和无所畏惧，从太阳出山，一直战到夕阳西下，终于打败了老黑，意外地成为狼王。看到老黑灰溜溜离开狼群，他粲然一笑，想，你不要怨我，要怨就怨母狼吧，要不是她们让你耗费了体力，你绝对不会败于我的手下。他想，轮着自己当了狼王，一定要远离美色。

谁知道，轮着自己当上了狼王，风情万种的母狼们谄媚地围绕着自己转了一圈，内心压抑已久的钢规铁条倏地就融化了，心里柔情似水，自己甚至比老黑还迷恋美色。可惜的是，狼王不仅仅拥有众多的母狼，更重要的是他还得负责自己种群的生存发展。生存发展的首要任务，就是要吃好喝好。十几只狼一天需要不少的东西呢。好在他不怕，白天，他和众多母狼温柔缠绵；晚上，他带领几只公狼冲锋陷阵，要么是鸡，要么是猪仔，要么是羊羔，只要他们愿意，没有他们弄不回来的食物。一时间，众公狼对他佩服得五体投地，众母狼对他温存有加。前狼王老黑见了，妒忌得不得了，说什么凡事不可过分，小心遭到人的报复。人，我们狼是斗不过的。

那时候真的年轻呀，你说我斗不过，我专门和人斗。人的确很狡猾，设置了好多花招，在猪圈旁边挖陷阱，在墙面上画白圈，这类雕虫小技怎么能够斗得过有经验的狼。陷阱没有掉进过一只狼，倒是邻家醉汉陷了进去；墙上的白圈就更好了，明明白白告诉我们狼，这个地方没有猪就有牛，少跑了许多的冤枉路。为了嘲笑人，原来他们只逮小猪的，现在还弄大猪。为此，他专门发明了一种逮大猪的方法——用嘴咬住猪耳朵，用尾巴赶猪，猪就乖乖地跟着进山了。弄得人还以为是那个贼偷走了。

人真的聪明，跟人斗不仅长智慧，而且是其乐无穷。比如说人设计机关时总喜欢留一个机会给自己，其实那个机会也是给狼留的。与人方便，与狼也方便。人也喜欢算计他人，你顺着他的思路把另外一个人算计了，下次这个人准会又给你创造一个机会，没准是一个机会接着一个机会，让你应接不暇。当然，人有时候也会齐心协力和狼作斗争，可总有人私下里打小算盘，给狼留一条活路，让狼死里逃生。他吃透了人性的弱点，和人斗得游刃有余。

在他的带领下，狼群不断地发展，种群越来越大，好多狼熬煎生活的来源。他不熬煎，他赶走另外一个区域的狼群，拓展自己种群的活动范围。他发觉人的心更散了，人似乎更好对付了。原来他们夜间出动，现在白天也可以觅食；原来做一些小打小闹的事情，现在他竟然敢带领大家对付羊群和牛群了。狼群的日子快乐得不得了，他自己也自豪得不得了。

也就在他最为自豪的时候，他又一次带领狼群外出觅食，谁想他遭到另外一头公狼的暗算，陷进猎人的圈套。待到他成功逃脱猎人的魔掌，回到自己的狼群，面对那头公狼的挑战，他退却了，黯然离开昔日的狼群，过起了独行侠的生活。独行侠日子虽然寂寞，倒也轻松，一狼吃饱，不管其他，他更没把人放在眼里。不过，他有点怕起狼来了，见了狼就回避。他喜欢到有人的地方去，他知道人是怕狼的。

老狼想到这儿，还是没有想起那半边山鸡放在哪里了，他只好起身再去觅食。山里的东西越来越少了，还有狼在出没，还是找人吧。也就在他站起来的那一刻，一条狼扑过来咬住了他的脖子。

这条不怕人的老狼，终于死在了狼的手里。

老　羊

　　老羊很小的时候学会了一个本领，他能够揣摩出主人的心意，绝对服从主人的指令。主人指东，他绝不向西；主人指北，他绝不往南。

　　老羊也曾经和牧羊人做过对，他觉得自己是父母的宝贝儿子，在羊群里横冲直闯，恣意妄行，可是别的老羊根本不把他当一盘菜，想骂就骂，想打就打。特别是牧羊人可恶至极，稍不注意就会狠狠地抽他一顿鞭子。就算手里的鞭子够不着，手里的小石头会追着赶着砸在他的嫩角上，比挨鞭子还要难受。小羊明白，羊怎么能够斗得人过呢。

　　斗不过人，他就想和牧羊人做朋友，以求改变自己的命运。此后，他变得很是乖觉，走出羊圈，就围绕在牧羊人欢歌笑语，很是讨人喜欢。遇上牧羊人高兴的时候，还会摸摸他的头，帮他理理毛，有时还会帮他把身上的皮虱消灭了。牧羊人对他的喜爱激起了其他羊的气愤，给他白眼不说，遇上好的草地了，就把他排挤在外。他呢，只要围着牧羊人委屈地叫唤几声，牧羊人就会用鞭子，或者小石头圈出一块儿肥美的草地给他。有时也会用刀割一捆鲜嫩的草，让他在树荫下消受，他很是得意。

　　无师自通的他学会了许多让牧羊人高兴地事情。他会玩蝴蝶，夏天的草地总是有许多的花蝴蝶，他把蝴蝶追得急急火火满天飞。他还会逗蚂蚱，逗鼹鼠，逗得牧羊人开心的笑。他还会斗蛇，最后让蛇咬了一口，幸亏是一条无毒蛇。他最喜欢最擅长的还是抵仗，他常常挑逗其他的小羊，和他们抵仗；他也与牧羊人抵仗，把牧羊人抵得心花怒放。他最得意的是那次和一个叫老黑的城里诗人抵仗，把诗人抵得仰面朝天。他不仅给牧羊人长了脸，而且还给牧羊人赢了一瓶酒。牧羊人高兴的给他割了三天嫩草，眼气得其他羊恨不得拔了他的毛。

　　羡慕也罢，嫉妒也罢，仇恨也罢，他的日子是一天比一天的风光。在大家的羡慕嫉妒恨中，他已经成为一只大羊了。他与牧羊人的关系似乎更铁了，他似乎也更贱了，竟然成了牧羊人的坐骑，牧羊人常常骑在他的背上开心的笑。简直是羊奴，真是有辱羊格呀，羊们骂他。可羊们恨也好、羡慕也好，都改变不了牧羊人对他的喜欢。他不仅可以和牧羊人享受清凉，吃牧羊人割来的青草，而且可以随时随地和羊群里的母羊约会。羊们已经奈何不了他了。

　　他觉得和牧羊人关系越来越亲密，处事也越来越张狂，不安分守己做自己的羊宠不说，而且参与管理羊群事务，挑战头羊的权力了。头羊岂能饶得了他，发起威风和他决斗。他真不是头羊的对手，要不了三个回合就被头羊打得鼻青眼肿满地找牙，羊们高兴地大喊大叫。可牧羊人却发起神威，一顿皮鞭冲向头羊，头羊被打得皮开肉绽不说，还被卖给了杀羊人。看着羊们的那个气呀，谁也不敢说话，只有平静地接受他成为头羊的事实。他知道，原来的头羊是很有能力的，羊们平静地接受也是静观他的笑话。

　　羊们以为能够看见他的笑话了，可又有什么笑话可以出现呢？羊群的生活就那么简单，离开了原来的头羊，羊群的日子依然如故。而他依然和牧羊人关系紧密，依然享受树荫下的清凉，依然享受草地上最美的嫩草，依然享受羊群里最美的母羊，并且站在羊群的前面引领羊群，多了很多的威风，始终不见有什么不好的事情。羊一只只离去又一只只地回来，没有哪只羊是不可缺少的，离了谁羊群依然成长。老羊知道牧羊人只有一个，牧羊人决定着羊群的命运。因此，当羊群里有个什么私下的活动，老羊就会及时提醒牧羊人，羊的灾难就来了。羊群里有人又骂他是羊奸，老羊也知道自己是羊奸。他觉得做羊奸好呀，不做羊奸哪来那么多美好的日子。

那些日子真的是美好呀，吃的美，玩的美，喝的更美，老羊长得又肥又壮、优美无比呀，竟然比同龄羊威猛出很多。看看那些骨瘦如柴同龄的羊们，老羊觉得自己选择的路子真的很好，必须依靠牧羊人。因此，当牧羊人手拿一根绳索吓得羊们纷纷逃窜时，他欢快地走了过去。老羊还没有明白怎么回事，牧羊人就套住了他的脖子，绑上了他的四蹄。

倏地，老羊明白了，老羊怨恨地看着牧羊人。

牧羊人说，你莫恨我。我让你吃的美，玩的美，喝的美，就是让你快快的长得又肥又壮，目的就是为了快一点吃你的肉呀。

小　鹿

　　小女孩到林区的第一天下午，就发现了那只小鹿。

　　她是城市的女孩，因为得了一种奇怪的病，医院无法医治后，妈妈就领着她来到爸爸工作的林场，住进了爸爸守护林子的小木屋。她很早很早就想到爸爸的小木屋来看看，她想看看真正的林子、小草、小溪，可妈妈总不答应，妈妈说那里太清苦了。直到自己病了，妈妈才带着她来到这片林子。

　　来了，她就看见了那只小鹿。小鹿是一只梅花鹿，就像三味书屋正堂挂着的画里的小鹿一样，黄褐色的皮毛上有着点点花朵。那时，小鹿站在溪边回头望着幽深的白桦林，望着苍茫的林海，望着霞光四射的落日。落日里的小鹿更显得弱小、楚楚可怜。她真想走出小木屋，走过小溪，亲亲小鹿柔软的毛皮。可是就在她支撑着爬起来时，她碰翻了桌上的水杯，水杯跌落在地上，发出一声尖锐的叫声，可怜的小鹿就惊恐地跑了。小鹿跑得惊慌，几次都跌倒在乱石嶙峋的河滩上。小女孩的心提了起来了，捂着嘴屏住呼吸。当小鹿终于飞进白桦林不见了，她的心才放了下来，一行清泪就从脸上流下来。

　　擦去泪水，她发现自己竟然轻松了许多，头不昏了，也不疼了。于是，她就趴在窗前望着小鹿跑过的沙滩，望着沙滩后的白桦林，望着苍茫的林海和慢慢坠落的太阳。夕阳落了，天已黑了，她担心起刚刚结识的小鹿了。小鹿你跌伤了吗？你的鹿妈妈呢？白桦林里有狼吗？小鹿不见了，她也不知道这些答案，她就在昏暗的松明灯下给小鹿编织一个美丽的童话。在她的童话里小鹿不仅有爸爸，有妈妈，有一个幸福的家，而且是有勇有谋的勇士。她被自己编织的童话感动了，她想，明天小鹿再次到来的时候，她就把自己编写的童话讲给美丽的小鹿。

下午，小鹿真的又来了。小鹿站在昨天的沙滩上悄悄地望着小木屋，望着小木屋窗子里的她。她便一动不动地默默地看着小鹿。她知道，现在如果再有一丝声响，小鹿就会疾速地离去，而且再也不会回来。于是，她就在心底默默把自己编织的童话讲给小鹿听。她想，凭着小鹿和自己对视的目光，小鹿一定会听懂她的故事。以后，她就会和小鹿交上朋友。

以后，她真的和小鹿交上了朋友。小鹿每天都会来到河边的沙滩听她讲故事。她讲的故事越来越精彩，她和小鹿的关系也越来越亲近。现在，她不仅可以在窗子里唱歌，而且还可以走出门外，看小鹿在溪边喝水吃草，小鹿对她全无了戒心。这时，她发觉她的病也好了，以前存在的一切不适症状都消失了。手脚灵活了，思维十分活跃，她为小鹿编织的童话也越来越神奇。不过，她没有把自己的身体状况也告诉爸爸妈妈，她想待到自己能走过小溪和小鹿一起的时候，再给爸妈一份惊喜。

她马上就走到小溪了，站在小溪的两边，她和小鹿互不惊扰。在城里时，她没有想过能和小鹿交朋友，她更没想过小鹿还能医好她的病。因此，小鹿不在的时候，她就把自己给小鹿编织的童话故事记录在笔记本里。她想，待到自己和小鹿相拥一起的时候，自己也该回城上学了，那时，她要把这个故事讲给全班的小朋友，要全班全校的小朋友都和小鹿或是小动物交朋友。

可惜，她终于没有走过小溪，就在记录完自己的故事准备走过小溪与小鹿相拥的时候，她听到了一声枪响。她急忙冲出门外，看见父亲一手拎着猎枪，一手提着小鹿走了回来。父亲得意地说："小鹿是大补，你吃了病就会好了。"她听了，才明白小鹿是为自己而死的。顿时，她的病又犯了，一口鲜血喷洒而出，就如血红的夕阳铺洒在小鹿的身上，夺目而惊心……

祸　水

其实，庞局长是非常喜欢水的。

他记得小的时候就特别喜欢水，像游泳、钓鱼什么的，只要和水沾边，他都喜欢得不得了。有一次，他游泳的时候差一点让水淹死了。让人救了起来以后，他父母就请人给他查了回八字，算了下命，算命先生说他是火命人，水克火，让他一辈子不要和水打交道，逢水不利。

那时，他很小，并不相信算命先生的鬼话，依然去河里玩，水里游。可是算命先生好像有什么魔力一般，以前玩水做什么都没有什么，现在他只要一沾水，必定会有什么事情发生。事情发生得多了，他就对水有了一种恐惧，继而对水产生了一种敬畏。慢慢地，他就和水疏远了，尽量不和水打交道。

人怎么能不和水打交道呢？人要喝水、吃饭、洗衣服、洗澡什么的，咋能离得开水呢？人离不开水，他就尽量避开河水、井水、水库的水。她们家就他一个儿子，父母担心他有什么意外，用竹子拉了几里路的自来水。他喝自来水，他们家做饭、洗衣服、洗澡都用自来水。自来水没有什么祸端，他再也没有发生什么事情。

生命上虽然没有发生生命意外，可是命运上却有了许多变化。他的学习一直很好，考大学时按照他的成绩本来可以报考最热门的水利专业，可是为了避开水，他只好报了中文系。毕业以后，水利局、水电站、自来水公司这几个热门的单位都要他，由于对水的恐惧，他推荐了自己的同学去了，而自己进了与水不相干的史志办公室。眼看那些同学陆续发了财，买了房，升了官，他真的有些后悔不该回避什么水了。这时，一个和他一样是火命又与水相关的同学出了事，他暗自叹息一声，再也不想水的事情，埋头干着和水不相干的工作。

远离水的干扰了，他的工作十分积极而且顺心，领导也非常的器重，先是科员，接着是副科长，然后是副主任、主任，成为他们那一茬人里面跑得最快的人了。由于他的工作能力强，群众威信好，领导又让他到河务站当站长，一想到水，他拒绝了。后来，领导让他到水利局当局长。水利局是多么好的地方呀，多少人求人拉关系都去不了，可是一想到算命先生的话，他打了退堂鼓，不去了，依然安心做那些与水没有关系的工作。

领导是真的爱才，后来又让他到交通局去当局长。他答应了。妻子问，去交通局做什么呢，交通局也牵扯着水呢！已经是庞局长的他说，我去修路，也不是管水。而妻子说，路边上就是水呢？庞局长一笑，就出去了。

庞局长修路去了。庞局长一条一条的修，修国道，修省道。庞局长的确能力强，路也修得好，不仅老百姓喜欢，而且上面领导也喜欢，给县里争取了大批的资金。庞局长又开始修县道，修通乡公路，修乡村公路。修的路多，工程也多，就有好事的人搞庞局长的黑材料。上面一查，庞局长什么事情都没有，发现庞局长至今还住在原来那个80平方米的小楼里，不喝酒，不抽烟，纪委还树立了一个先进的廉政干部形象。而我们庞局长说什么呢，我是火命，我怕水呢，怎么能沾那个浑水呢。庞局长就继续领着老百姓修路，一个乡一个乡的修，一个村一个村的修，有的路还修了两遍三遍。

庞局长任职的地方是个"八山一水一分田"的地方，修路咋可能不和水打交道？庞局长就是不和水打交道，他修路遇水就架桥。老百姓修好了路，庞局长就在水上架桥。架桥是需要钱的，反正庞局长要的资金多得用不完，今年架了明年还要架。庞局长硬是避开水，把我们县上的路修得通达舒畅。据说，庞局长又要被重用了，而且又避开了水。

尽管这样，庞局长还是让水害了。庞局长虽然在我们县城里没有买房子，可他在省城里最豪华的住宅小区却买了一套房子。由于房子没有人照料，寒冷的冬天自来水管冻裂了，水流进了楼下的房子。邻居和物业公司也不知道是谁的房子，只好求助"110"。警察打开门，修好了水管，发现水把他家里的几个纸箱打湿了。警察本想帮他把纸箱挪一个地方，没想到移动的时候纸箱破裂，才发现几个纸箱里全部是钱，总共是1300多万。

就这样，庞局长出事了。庞局长怎么也没有想到，自己避了半辈子的水，最后还是栽在了水里。

吉祥号

谁想到，人走运时，做梦都是彩色的，家里的蟑螂也都是双眼皮。昨天以前，我吃苦受罪想法子挣钱，咋的都不行，弄得连个女朋友都保不住跟别人跑了。可是今天早上呢，我还没有起床，一个电话号码我就卖了三十万，真邪乎。

我的手机号码真的好，那家伙你保准没有见过，一溜烟的大顺子，可以说全国只有那么一个。好多朋友见了都说好，都变着法子和我换，有的还要拿钱买。我怎么会卖呢，那是我女朋友给我买的手机、给我办的号码，它记录着我的爱情呢。你说，你会出卖自己的爱情吗？再说了，我还指望那大顺子保佑我顺心顺意呢。

可惜，那大顺子并不保佑我顺心顺意。我虽然努力的辛苦的让我的生意顺心顺意，我的生意却很不顺利，做啥都赔钱。赔到末了，我的女朋友为了一点蚊蝇小利，把我卖了。女朋友把我卖了，我想把她给我的手机号码也卖了。我又一想，这些年只有这点东西记录着我曾经拥有的爱情了，我不能把爱情的记忆也卖了吧。

今天早晨，我正在迷迷糊糊做梦，梦见我的女朋友又回到了我的身边。正在甜甜蜜蜜呢，电话来了。电话里的男子说是给我一万元买我的号码。一万元真的不少了，一想到梦里甜蜜的爱情被打断了，我生气地说，不说一万，就是十万我也不卖。电话里的小子急忙说，二十万卖不卖？买一个号码花二十万，那一定是精神病。我说，不卖！就在我准备挂机的时候，那小子的声音急忙抢了进来，说，给你三十万。你小子也不要心太黑，最多三十万。想好了给我回个电话。说罢，"啪"就把手机挂了。

三十万，为啥我不卖？不说是记忆中的爱情，就是老婆孩子我也卖了。看来，不卖爱情是钱不到位呀，钱到位了啥不能卖呢。我急忙把电话打过去，三十万我卖了，我把手机搭着也卖了。

我真的卖了。三十万呐，装了满满的一皮箱子，看看那红艳艳的票子，我头发都醉了。我以前没有见过这么多钱，以后的机会也不会多，看着眼前的那个小子，我高兴得只会"嘿嘿"的笑。那小子说，傻了吧，一个号码卖三十万，哪里有这样的好事？真的，哪里有这样的好事情。我知道眼前的小子是我的恩人，我就把我的恩人拉进饭店，点了满桌子的酒菜招待我的恩人。

那小子人不胜酒力，我几杯下去他就喝晕了。喝晕了的小子骂我说，你小子差劲，你要是不卖，我就得给掏四十万，或者五十万。我这人知足，一个破号码赚三十万，赚大发了，我不想其他的了。

见我不信，那小子张张狂狂又说，你知道我们老大买一个座机号码花了多少钱？一百万，说出来吓死你。我真的有点不相信，他们老大又不是傻子。

那小子见我不答话，喝了酒又张张狂狂地说，你知道不，我们老大挂个车牌号花了多少钱？花了三百万。见我不相信，那小子解释说，当然不是现钱，是给交警队捐款盖了一座办公楼。我还是不相信，他们老大又不是精神病。

那小子又说了几个他们老大花钱买吉祥号的事情，我还是不相信。我就问他们老大是干什么的，他说是企业老总。我又问，私企老总呀，他们有的是钱。我信了。那小子又灌下一杯，说，说你傻吧你还不信。私企都是老总自己的钱，谁舍得？我们是国企，有的是钱呢。说罢，他又说了一个声名显赫的名字。我相信了，那可真是一个会花钱的主儿。我说，他花那么多钱买吉祥号干什么呢？那小子说，烧钱呀，摆谱呀，图吉利呀。我说，我的大顺子号一点不顺心也不顺意，还不吉利。那小子说，管他呢，反正公司有的是冤枉钱。

　　我的那个大顺子号真的不顺心不顺意也不吉利，那个老总买过去没有用到一个月，就出事了。而且，还是因为买我的那个吉祥号被人告发了。虽然吉祥号并不吉祥，可那个老总真的太喜欢吉祥号。听当初到处替他买吉祥号的小子说，他们老大进去什么也不交代，嘴巴封得很死。就这么三十万的事情根本就不算什么事情。可后来看守所的所长知道他喜欢吉祥号的事情后，就给他编了一个全国独一无二的吉祥号。喊一声他的吉祥号，他高兴地像竹筒倒豆子一般，把什么都交代了。

　　这么一交代，那个老总被判了一个无期。老总什么都没有了，只守着一个吉祥号在监狱里苦度余生。

胡越的命运

胡越想起一年来发生的事情，真的是该谢谢那算命先生了。

胡越本来是不相信算命那一套的。别人在进入本命年的前夕，忙着烧香敬佛摆酒席冲喜的时候，胡越只是领着妻子回了趟老家，陪着母亲过了一个温暖又舒心的生日。走时，连母亲亲手给他做的红背心都没有拿。妻子劝他还是拿着冲冲的好，他却说，穷人孩子天照应。

真是穷人孩子天照应，在别人谨慎小心还不断出事的本命年里，他出人意料地当上了反贪局长。那位子已经空一年多了，好多的人争呀抢呀，没想到落在不争不抢的他的屁股下面。在他满怀喜悦地把这个消息告诉妻子地时，心里也疑惑，难道真的是命？

"当然是命了！"回到家里，妻子肯定地说，然后还从抽屉里拿出了一张纸条，说，算命先生早已经写着了——春天有一喜，不过你秋天要防牢狱之灾。升官算是一喜了，那么什么是牢狱之灾呢？他却觉得很荒唐，很可笑。可妻子一脸严肃地说，说好的可以不听，说坏的可是很灵验的。在这个高兴的时候，他也不想和妻子有什么争执，就笑笑说，我以后注意就是了。

也真的该注意了。自从当上反贪局局长，他发现自己家里的客人忽然多了起来，不认识的亲戚认识了，多年没有来往的朋友同学也有了来往。

而那些来来往往的亲戚朋友也很少空手而来。好在妻子面子硬，多半的东西都及时退了回去。实在退不了的，妻子自己就买了等值或者超值的东西还了回去。遗憾的是，当官一个月，他们两个人的工资差不多都赔了进去。

胡越想，别人做官都能够发财，自己却赔了钱，弄得生活还要吃老本。以后得有个什么办法。其实，办法很多，只要愿意，半推半就的什么都有了。胡越觉得难，他不明白让坏人学好不容易，为什么让好人学坏也不容易。一有机会来了，他总是觉得莫名的害怕。每一条鱼都有刺，每一个人后面似乎都有一个陷阱。怎么能够避开那个陷阱呢，胡越也打算请一个算命先生算一算。再者，他也想验证一下妻子手中的纸条，是不是恐吓他的证据。

这个城市算命的人很多，小区对面的宾馆就住着一个很灵验的算命先生，小城里许多有头有脸的人物都请他算过命。他去时，先生房子里有许多的人。轮到他的时候，先生相了他的面，又问了他的生辰八字，拉开抽屉点燃了一支烟，掐指一算，就把他以前的事情说得头头是道。怎么会是这样呢？他有一些诧异和惊奇。先生问他预测什么，他说流年行运。先生说，你今年春天有一喜；喜若出现，秋天要防牢狱之灾。他又问，那么我应该注意什么呢？天机不可泄露。先生说罢，不再说话。当他递过酬金时，先生推脱了。说，如果不灵，我取之不信；如果灵验，我取之不义。

一个命算得他心里沉甸甸的。算命的目的是想推翻妻子的话，给自己寻找一个借口，谁想到算命先生的卦语却佐证了妻子的正确。向来不相信命运的他的确有一些动摇了。他宁信其有，不信其无了。既然有了这个打算，事情也很好处理了。不该见的人不见，不该喝的酒不喝，不该收的礼不收。虽然有一点惋惜，心里却十分坦然。

那么，那些可以做的事情怎么办呢？这一点他的确为难。自从当了局长后，工作忙了，应酬也多了，不仅带累了妻子，而且生活水平也降低了，他真的很惭愧。他很想多挣一点钱帮帮妻子。他不是没有那样的机会，而且机会很多。比如一个亲戚被关了进来，经他核查，亲戚是被冤枉的，平了反硬给他送了两万元；比如一个挖煤的包工头叫他筹集一点钱，给他百分之二百的回报。机会真的很多很多，有的想想非常的安全。记得当时他也把亲戚的钱拿回了家，想起神奇的算命先生，第二天他在办公室把钱退了；当时他也贷款入了股，看看妻子的纸条，他又把钱要了回来。他想，等到秋天过去了再说吧。

秋天就要过去了，他期待的厄运没有来到。可是也就在秋天过去、冬天来到的时候，出事了。他的那个亲戚因为另外的案子交代了很多他感谢过的人，当初的同学卷入山西的一个腐败案子而破产。这时，他才明白每一条鱼都是有刺的，欲望的后面是很深的陷阱。想到自己能够安心地等待春节的到来，真的该感谢那个算命先生。

他告诉先生自己的来意，先生就笑了。先生说，感谢我做什么呢？你应该感谢你的妻子，你的一切都是你妻子告诉我的。再说了，算命对于我们来说，是一个谋生的手段。对你们来说，命运攥在自己手里，别人是算不出来的。

桥

"你这房前要是有一座大桥就好了。"

"要是有了大桥，那你的前程就会……不可限量。"

几乎每个风水先生都这么说。

其实不用风水先生说，他自己也知道自家房子的风水好，后面是连绵起伏的大山，前面还有层层叠叠的山，十分难得。而且，门前是一条县道，县道外是一条河，座山面河，真的是一块风水宝地。遗憾的是河上没有桥，要是有了桥，就可以直接由县道连上国道，连接县城，连着省城，连接北京，顺风顺水，更是美得不得了。

可惜，河里没有桥。他父亲早就想修一座桥来着，谈何容易，房子还是石板房，哪来的闲钱修桥。他父亲也曾找过几户邻居，邻居都说好，有桥多方便。真正想修桥的时候，谁家都不愿意了。谁都知道修桥是一件不容易的事情。他父亲又找到村长，村长说，全村一千多户，给你五户修桥，可能不?

其他人是指望不上了，那就靠自己，他父亲自己修桥。河道宽，河道里石头也多，他父亲就把河道上的石头排成一溜溜，做成桥墩，然后在自己的自留山上砍来树木，固定在桥墩上，一座十分简易的木头栈桥就架通了。桥虽然不好看，却实用，两岸的群众都觉得方便。只是那座桥过不了夏天，夏天里的一次山洪，栈桥和桥墩就会被水冲得没有了踪迹。他父亲不气馁，也不抱怨，挨到夏天过去，深秋来临，又把河道上的石头排成一溜溜，做成桥墩，再把自留山上的树木砍来固定在桥墩上，又一座木头栈桥就架通了。

那些桥虽不好看，可真的很有用，不仅方便了两岸的人，还给他们家带来了实实在在的变化。回想起来，他家里的每一次变化都是在桥修通的时候。第一年桥修通的时候，他母亲拖了多年的病好了；第二年桥修通的时候，他父亲发了一笔财，把家里的石板房换成了瓦房；第三年桥修通的时候，他姐姐找了一户好人家。反正，他父亲每修一次桥，家里都会有或大或小的变化。如若夏天桥断了，他家里做什么都要生波折。就连请工干活这样的小事情，也会遇上暴雨的天气。

那时候他很年轻，不相信风水。父亲每次和他说到这些，他都会轻蔑地一笑。父亲说你别笑，你想想你哪一次有好事情不是我把桥修通的时候。你考上中专是桥通的时候，你出来工作是桥通的时候，你谈恋爱娶媳妇也是桥通的时候。临到桥不通的时候，你做什么事情顺利过？听了父亲的话，回想自己过往的故事，也真是这么回事。可他还是不相信自己的命运与风水有关。他说这一切都是自己努力的结果。自己不努力，睡在家里好运气难道会从天上掉下来了？

父亲说不过他，父亲坚持自己的风水学。每年挨到夏天过去、深秋来临，就把河道上的石头排成一溜溜，做成桥墩，再把自留山上的树木砍来固定在桥墩上，又一座木头栈桥架通了。桥通了，他们家里的日子也越来越红火，他的工作也风生水起，越来越好，很是让人羡慕。

那一年的夏天，他父亲修建的木头栈桥又让水冲毁得没了踪影，接着父亲不小心摔折了腿。到了深秋，想到那桥，父亲干急没办法。自己修不了桥，邻居让政府移民搬迁了，再也不会帮他们家修桥，村子更不会为了他们一家修便民桥。那一年，他的运气也很不佳，先是与老婆闹矛盾，家里鸡犬不宁；接着是自己当副局长本来是铁板钉钉的事，临时发生变故怎么也无法改变。接二连三发生了许多的事，他躲回了老家。他发现家门前的桥没了，难道真是因为风水了？

反正他父亲信。父亲看到儿子疲惫的神情，到了深秋时节，自留山的树木已经伐完了，他把河道上的石头排成一溜溜做成桥墩，自己掏钱买了一些预制板，做了一座简易的水泥桥。幸亏那几年天气干旱，几乎没有发生山洪。河里那桥不仅好走，而且给他们家带来了好运。他呢，当完副局长了当局长，当罢了局长当副县长，风光的不得了。偶尔回家了，就有人和他一起拜望他的父亲。看看他的房子，都说他家风水好。有人说，幸亏河里有座桥。后来，就有风水先生来，说要是门前有一座大桥就好了。他知道，虽然是副县长了，大桥也不容易。

幸亏那两年继续干旱，桥一直很平稳，他也平稳地当上了县长。一当上县长，他立即安排人动工给自己家门前修一座大桥。谁想到，就在那大桥修通、他刚刚剪完彩回到家，从省城来了一辆车就把他带走了，带走的还有他存放在风水宝地的 200 多万赃款。

不过那桥修得真是气派，由县道直接上国道，连接县城，连着省城，连接北京，美得不得了。

退休也不放过你

范局长准备退休了。当范局长把自己的打算告诉妻子时，妻子非常地不高兴。妻子问，干得好好的，怎么要退休呢？妻子还说，你看别人当财政局长结束，都提拔了，你不说是提拔了，年纪不到为什么退呢？

为什么呢，范局长没说。不过他真的是要退休了，他早就有了这个打算，一直下不了决心，也一直没有告诉妻子。

范局长觉得自己身体不行了，晚上整夜整夜的睡不着觉，原来180斤的体重现在只有120斤了，人黑瘦黑瘦的，鼻梁上架着眼镜，像是万恶的旧社会派过来专门为我们新社会抹黑似的。起初，他以为是喝酒喝出来。一想原来当副局长时也天天喝酒呀，那180的体重就是那时候喝出来的，这个原因就排除了。难道是好酒的问题，茅台、五粮液能够减肥吗？显然是不对。县里那么多局长、县长，哪个不是泡在茅台、五粮液里的，他们里面哪有一个瘦子？

那为什么呢？他想不明白，他就去问医生。医生让他少喝酒。他"扑哧"一笑，怎么可能呢？当年我发胖的时候，你们医生让我少喝酒；现在呢，你们医生又让我少喝酒。你们医生的话跟我们领导干部的话，哪一句是真理呢？就算是真理，喝酒是我的工作呀，不喝酒了我还能干什么？医生又说，既然和喝酒没有关系，是不是你的心事太多呢？医生说到这里，他不说话了。

范局长知道自己不是什么好鸟，怎么会没有心思呢。范局长想，自己真是心事太多了。没有当局长的时候，千方百计地想，自己好容易当上了，脑子还是不得清闲。局长不是白给你的，那投资总得收回吧。要收回投资总得有一个冠冕堂皇的借口吧。每一件事情都煞费心思。心事多了，头发少了，脸皮厚了，心就黑了。人人都羡慕当官，要知道当官也真的是不容易。

范局长真的感觉到了不容易。就说那酒局，实在是多，公的私的上面的下面的，哪里不去都不行，不去就把人得罪了。还有那会，那更是多，给别人讲话，听别人讲话，不是鬼话就是胡话，可是每一句话都得认认真真记，稍不注意就会出娄子。

最最恼火的就是钱了。县里穷，那么一点钱领导都不够用，机关部门要，基层还要，真的是难。给他们吧，不够用；不给他们吧，他们又送钱。谁都喜欢钱，范局长也不例外。一不小心的，家里到处都是钱。自己的工资都花不完呢，这些钱怎么处理呀。投资吧，他不放心；存在银行吧，容易出事。弄的洗衣机、微波炉里都是钱，害得亲戚都不敢往家里领。

范局长是喜欢钱的，现在有一点害怕了。要那些钱做什么？自己的工资够高了，从来没有用过，用的都是别人送的，或者公家发的，吃喝玩乐一应都是单位买单，真的不用自己的钱。他还想，就是将来下台了，钱也用不完了。可是，范局长依然在收钱，不收都不行呀，别人硬送。板着脸不收吧，把人得罪了；笑着脸收了钱，皆大欢喜。这样一来，钱就更多了。

钱真的太多了，范局长越来越觉得危险。有人建议范局长去跑官，说是官越大越保险。跑官是花钱，可范局长跑官就不花钱，要花也是花公家的钱。再说了，官大了钱会更多了，心理压力也更大了。最重要的是跑官也是一个非常危险的过程，竞争对手都是官场上的精英，下起手了，更稳，更准，也更狠。君不见，腐败分子倒台有几个是老百姓告翻的，大多是竞争对手斗翻的。那就坐在局长的位子不动，也不行，位子太好，盯的人太多，谁也说不清会从哪里决了堤。

范局长把自己的担忧告诉妻子，妻子也害怕了。妻子害怕了，范局长就提前退休了。范局长没想到自己退休退得很风光，领导大会小会的表扬，说他高风亮节；接了班的也高兴，不仅提前进步了，而且一圈子人都跟着获益。

风光归风光，范局长觉得有些不习惯，没有不花钱的饭局了，也没了可以讲话的主席台，门前冷落车马稀，热闹惯了的范局长很是不习惯。好在范局长善于调节，没事了就去数数自己的收入，规划着以后的生活。反正收获的美酒后半辈子也喝不完，每天和老婆自斟自酌几杯。慢慢的，范局长就习惯了这样的日子，最重要的是睡眠好了，身体也好了，他觉得这种日子很是逍遥，他觉得退休真的是退对了。

可惜，范局长逍遥的日子没过几天，就出事了。

那天也是高兴，范局长就多喝了几杯，夜里就睡得很沉。谁想到半夜家里竟然进了小偷，他们都不知道。待到小偷喊醒沉睡的他时，一切都晚了，他不得不按照小偷的要求把提了一皮箱钱的小偷送出小区。就在他叹息自己手背时，谁想到小偷更背，出了小区就被逮住了。可恨小偷太不仗义了，不仅把他交代了，还领着警察把他家里藏的钱全都翻了出来，一共有一千多万呢。

于是，范局长就进去了。范局长哪里想到，命运总是那么奇怪，退休了也不放过你。

请　求

　　乡政府和学校想尽了一切办法，可学校教学楼工程资金仍缺二万元。作为校长的我和乡政府黄乡长坐在办公室里，他盯着我，我盯着他，谁也想不出一个好办法。有什么办法呢，县政府的钱给了，乡里乡外的集资也搞了，就连那与我们没有关系的人，我们也拉扯着关系，逼着人家献了爱心。真的没有办法了，我们只好坐在那儿干瞪眼。

　　就在我们干瞪眼的时候，王文天来了。王文天是我们学校的一个老教师，也是我们学校的一个活档案。学校搞爱心集资时，好多学生的情况都是他提供的。他几乎记得他教过的每个学生。他来了，他一定能提供一个有价值的信息。于是，我急忙问他："王老师，您是不是又想起了哪一个学生？"王老师说："哎，不是想起，而是根本就没有忘记。只是当初没好意思说。"我问："为什么？"王老师说："他只在我们学校念了一个星期的书，后来就被学校开除了。还是你班上的，你不记得了？"我不记得了，王老师又帮着我回忆了好半天，我仍然不记得了。我也不想回忆，因为我教过的学生的确是太多了，除了那些比较优秀的，大多数都忘记了。想不起来了，我只好问王老师："我记不清，你把他的情况说说，看看是否有价值。"王老师说："他叫李大刚。被学校开除以后，就到山西挖煤，现在已经是一个包工头了，手上大概有四五百万的资产了。"我很惊喜，就问：

"那上次摸底怎么不知道。"王老师又说:"他家早已搬走了,又有那一件事,所以我没有说。没想到现在资金缺口那么大,我想他也许能给学校帮帮忙。"

我想,太能帮忙了。就是不能帮忙我也会让他帮忙。这几年搞集资我都搞出经验了,再干的骨头我也能搞出几两油来。特别是像李大刚这样没有多少文化、靠机遇发了一点邪财的人,更好对付。因为他们喜欢在那些读了好多书而没发财的人面前露一下脸,捞回自己的自尊。再说了,芸芸众生莫不过名利二字,没钱的人忙钱,有钱的人求名,谁也逃脱不了。于是,我和黄乡长商量好有关的政策,就准备到山西侯马去找李大刚。

在侯马的一个小镇上,我找到了他。我自然是想不起他了,可他却记得我。一见面他就叫我"老师",然后又把我拉进镇上最好的饭馆,叫了满桌的菜招待我。我说了一些闲话,拉近了关系,才说了我此行的目的。我讲了一番大道理,又表示了母校的歉意,我说母校希望得到他的支持。可他低下头不说话。我又说了我们面临的困难,他仍然不说话。看看低着头不说话的他,我介绍了乡政府的优惠政策。我说,捐一万到五万,学校聘他为名誉校长;捐六万到十万为他立碑;捐十五万用他的名字命名教学楼;捐二十万用他的名字作校名。他听了仍然低着头不说话。就在我又准备演讲自己的名利观时,他终于开口了。他问我:"刘老师,您还能记得我是为什么被学校开除的吗?"我脸一红,说:"记不得了。"他依然低着头说:"我知道你不记得了,你也记不得我了。老师永远记得的是那些优秀的学生,谁还能记得那些一般的学生和差生?"我听了,只好低下头。他继续说:"当初只为一块玻璃。我无意打破了一块玻璃,因为家里太穷赔不起一块玻璃,我被开除了。"我听了感到非常惭愧,真担心他以此为由拒绝捐款,急忙向他道歉,又贩卖了我的名利观。他却说:"刘老师,您也不用说了。您说,您准备让我捐多少?"我一笑,心想,没有人能逃脱名利二字。就说:"那你就捐二十万吧。我们就将学校改名为李大刚中学。"他一笑,说:"我捐款不是为了出名,您就是把我的名字刻在天安门上,也没有谁知道我是谁。我捐款的原因是因为,当初学校要开除我时,您到学校给我说了一句求情的话。"我记不得是否说过什么话,可我怎么也想不到那一句话竟然能值二十万元。我要是知道一句话能值二十万的话,我宁愿代他赔偿一块玻璃,而不愿意现在接受他的二十万。可惜我当初没有那样做,我只好红着脸,愣在那儿,不知说什么好。他一笑,随手就填写了一张支票递给我,说:"刘老师,回去以后请不要说是我捐的,也不要用我的名字做校名。"我连忙说:"那怎么行?"他一笑,说:"绝对不行。就算是我求您了。"

说罢,他就走了。走了很远,我才回过神喊了他一声:"大刚,你有什么请求?"他回过头来,说:"请求?请求我倒是有一个。"我问:"你有什么请求?"他说:"我请求学校制定一条校规:永远不要开除任何一名学生。"他说罢,"唰"的一下泪流满面。泪水跌落在地上,也落在我的心里,我感到钻心一般地痛。

老 黄

老黄又上路了。

老黄说，人这一辈子有吃够的时候，有穿够的时候，有用够的时候，就是眼睛看不够。中国的地方太大了，好看的地方也太多了。

老黄上中学时开始了行游中国的梦想。那时候他就钻心学地理，进进出出都是背地理常识，就连上厕所他也不忘把地理书拿着读几句。他不仅把老师要求的东西背过了，把课后的参考知识都背过了。可惜，他那么艰辛地学习地理，每次考试都得不了高分，还常常挨老师的批评。因为，那时的乡村中学没有专业的地理老师，他的专业回答，常常让老师辨不清对错。

他本来是想上大学，然后遍游华夏的，高中毕业却下了乡，后来招干又进乡政府当了一个普通的干部。不说是旅游中国，就是要离开乡政府回家，也要给乡长写假条。他不放弃自己的爱好，他在自己买来的中国地图前，今天飞北京，明天到上海，后天就到哈尔滨了，忙得不亦乐乎。因此，他结婚的时候，他硬是搞了一回时髦，到西安旅行结婚，很是让人羡慕了一番。

旅行一次回来，老黄明白了一个道理，旅游是需要钱的。工资就那么一点，钱哪来？那时候，到处都提倡干部下海，他就下了海。老黄筹了一笔钱办了一个面粉厂，"扑通"了一年多，不仅投资的钱没了，第一个妻子也没了。老黄只好灰溜溜地回到乡政府。

那一段时间，老黄的日子非常的灰暗，每天都有人来问他要钱，向他讨债。老黄人厚道，来人了他就去买酒；没钱买菜了，抓一碗自己泡的腌萝卜，陪着客人喝。很冷的冬天，老黄没有钱买木炭，就燃起自己拾来的木柴。白酒的辣，腌萝卜的酸，柴火的炝，老黄的家里就咳出一串串的响。没有了响声，老黄又站在他的地图前了。地图虽然熏得像黄表纸一样，可是苏州、杭州、上海的位置老黄永远也弄不错。

乡政府的日子离外面的世界太远了，再说还有那么多的债务，什么时候能还得清呢？老黄辞了职，在县城里开办了一家旧货回收公司。开始时生意很好，老黄把那些旧家具、旧电器修一修、擦一擦，转手卖了。遗憾的是世界变化太快了，不到半年的时间，竟然没有人需要旧家具、旧电器了，老黄的旧货回收公司成为一个垃圾场了。老黄的第二个女人也离开了他。老黄的女人离开了，老黄就把那些垃圾处理了。可那张地图他舍不得处理，破旧的地图上早已标示着许多的精品旅行路线。

就在人们嘲笑老黄不务正业、把日子过得水不流舟时，老黄终于挣了一笔钱，他把原来的债务都还了。这时，老黄又买了一张新的中国地图，制定了一个新的旅行线路。老黄准备出发了。老黄打算骑着自行车行游中国，他准备征求一个同行的驴友，计划沿着京沪线开始自己的自行车处女之行。可惜，谁也不愿与他同行。朋友劝他说，那条线路，随旅行社十多天就转完了，骑自行车干什么呢？老黄什么也不说，夹着自行车就走了。

三个月后，老黄回来了。老黄黑了，也瘦了，却精神了许多，也高兴了许多。三个月里，他不仅看了沿途的大小城市，也看了沿途乡村美景。每一处有每一处的妙处，每一处有每一处的不同，每一个景点都有不同的感受。老黄讲得一脸的幸福，听的人也是一脸的幸福。待到二次又想感受老黄带来的幸福时，老黄又出发了。老黄这次是去东北，东北那圪垯那才真的是美呀，老黄说不定要带回多少快乐呢。

从东北回来，老黄真的是满心的快乐，几个月都没有讲完。待到电视里演新版《夜幕下的哈尔滨》、想听他讲讲哈尔滨呢，他却到了新疆喀纳斯。就这样，不到五年的时间，老黄就转了大半个中国，硬是让人眼气得不得了。也有人嘲笑老黄快50了，连个房子都没有，还周游中国呢。老黄一笑，说，没有房子我也没有住在露天地呀。老黄说罢，又准备出发去看别人没有看过的景致了。

老黄这次的路线是沿着红军长征所走的线路，重走长征路。

老黄说，这次线路长，过年的时候才能回来。

老黄又说，这次不是一个人了，而且还有四个同路的人。

老黄还说，游完中国，我还想去外国呢。

老黄说罢，一脸欢笑地走了。

老黄行走在自己的梦里，老黄的梦里也写满了幸福。

邻 居

大姐家要盖新房子了，我想，大姐一定会远远地躲开原来的邻居。

大姐的邻居姓麻，记得他们家有六个人，麻叔麻婶两个老人，麻哥麻嫂两夫妻，还有大麻二麻两个孩子。具体都叫什么名字呢，我一个都想不起来了，印象中他们家没有几个好东西。

麻哥爱喝酒，没有酒就没了命，见酒又不要命。麻哥不仅白天在外面喝，晚上回家还要预备一斤酒放在床边。上床时"咕咕噜噜"喝三分之一，晚上起夜小便时又"咕咕噜噜"喝三分之一，天亮时眼睛一睁，又吹了剩下的三分之一，然后才起床开始新的一天。所以，麻哥的每一天都是晕乎乎的。

按说，喝酒是个人的爱好，与他人没有关系。可麻哥离不开酒，又沾不得酒，一喝就成为酒疯子，一发疯就会打麻嫂，骂大麻二麻。麻嫂挨了打，就会找到请客的人家找麻烦，就会带累了别人。每次到大姐家喝酒，我总是回避他。可麻哥鼻子好，能够闻着酒香，每次我们刚把酒倒在杯子里，麻哥就不请自到了。来了也不客气，端起杯子反客为主大喝起来。喝醉了回到家，不是打麻嫂，就是骂大麻二麻。然后，麻嫂就会找上门来，说一些不三不四的话，和大姐吵得不亦乐乎，弄得人心里很不爽快，每次遇到这场面，我就真后悔不该到大姐家来。

大姐家又不能不去，去了又不能不喝酒，喝酒又避不开麻哥。后来，再到大姐家喝酒的时候，我就主动喊叫麻哥。麻哥来了，我就可着劲陪麻哥喝，三杯两盏淡酒把他灌醉，任他回家打麻嫂、骂大麻二麻去了。我呢，就着他的骂声和麻嫂哭声，尽情地喝。反正他的女人该打，大麻二麻也该骂。

　　麻嫂真的该打。不单是挨了打到主东家找麻烦，还有许多的麻烦事情。那女人的手脚不干净，走到哪家都要带一点东西，大到鞋子、袜子，小到针头线脑，没有她不喜欢的。实在是没有这些东西了，麻嫂就会到人家菜地里扯一把葱，或者摘两条黄瓜，反正鬼不走干路。麻嫂家的牲畜向来都是放养的，她们从来不管，像村支书一样，吃了东家吃西家。倘若谁家找上门，麻嫂反而有理百倍地责怪人家，你怎么不把篱笆扎紧？

　　最可气的是女人嘴臭，不住气的编排桃色故事。好像他男人是个领导或者老板似的，金贵得不得了，村子里哪个女人都喜欢。村子里的女人不敢和他男人说话，一说话了，准和她男人有问题。而她男人呢，嘴又多，见了女人就想说两句话，弄得谁家的女人都成了她男人的相好，差不多每个女人都挨过她的骂。前年，磨坊老板那高中刚毕业的女儿和她男人说了几句话，就硬是让她骂得投了河。

　　她家的两个儿子也不是好东西。杏子熟了偷杏子，栗子熟了偷栗子，小小年纪就偷鸡摸狗的。村子里谁家丢了东西，不用调查，准是他俩干的。村子里谁也见不得，谁也惹不得，恨死个人。至于两个老人吗，虽然没有什么大毛病，可惜，养了这样的儿子媳妇孙子，谁又能够喜欢呢？

　　大姐常常抱怨说，自己前世一定是作了什么孽，或者是前世欠了麻嫂的什么账。不然，怎么能和麻嫂做邻居呢？说到这里，大姐非常羡慕孟母，她们家咋那么有钱呀，竟然能够盖三次房，搬三回家。羡慕归羡慕，大姐还是不得不和麻嫂继续做邻居。

　　你说，这样的邻居，再盖房子的时候，大姐还会和她们做邻居吗？

　　去年的地震后，大姐的房子倒塌了，大姐夫的父亲没了；麻哥家的房子也倒塌了，麻叔麻婶也走了；她们村子也毁了，她们村子里好多的人都死了，大姐她们村子要整体迁移。这种选择的机会太过残忍了，却终究是一个难得选择的机会。

可是，面对选择，大姐还是和麻家做了邻居。

大姐说，麻嫂家里的那些事情，都是穷给折腾的。日子好过了，还有什么折腾的。

大姐又说，面对地震，那一切的矛呀盾呀，什么都不是了，就觉得邻居亲，就觉得人亲。

大姐还说，村子重建了，有矛盾没矛盾的，都选择的是原来的邻居。在大灾面前，最先来的是邻居。他们发现谁也离不开谁了。

大姐最后说，人生无常，还是永远做邻居吧。

大姐又和麻嫂做了邻居。

讨　账

单位会计董功国又要出门讨账。每个季度末，他都要去讨一次账，他已经讨了 15 年了，从来都没讨回一分钱。

其实，那账也不多，只有 50 元。不过那时的钱顶钱用，50 元钱能办不少事情。老李当年借了 50 块钱，就是给局长买了 20 斤鸡蛋、两瓶"西凤酒"，局长才把他放回了老家。搁到现在，老李就是给局长送五千块钱，局长也把他送不回老家。

按说，这五十块钱借给老李办了这么大的事情，钱早该还了，可老李始终拖着不还。有甚缘由拖着不还呢？没甚缘由。现在的事好多都说不清缘由，欠账不还也没有甚缘由。

这 50 元钱单位倒也没甚，有它不多，没它不少，可把董功国给害苦了。早先财务制度很严，三天两天就查账，董功国三天两天就挨批评。挨批评倒也没什么，弄得董功国年年盼望的"优秀党员"、"先进工作者"死活评不上，他心里很是窝火。于是，董功国就很积极地去要账，每季度去一次。

后来，财务制度不严了，老李那 50 元钱，董功国只消挥笔一抹就没了。可董功国做事呆板，丁是丁卯是卯，半点儿都不马虎。要账依旧很积极，每季度一次。去得多了，差旅费花销很大，弄得领导很不高兴。一次，董功国报销差旅费时，领导就掏出五十块让董功国抽出老李的条子。董功国不给，董功国让领导把有的欠款都付了，他才给条子。董功国说你们少吃一顿，也够我一年的差旅费了。领导没辙了，董功国又去要账，每季度一次，一次的差旅费也不止五十块钱。董功国已经要出习惯了。

单位里的人都知道，董功国每次报销的差旅费不少，老李也没少花钱。每次董功国去了，老李都会弄上几盘菜，让董功国喝几盅。喝罢了酒，钱还是拖着不给，倒是让董功国给一些老同志捎回许多土特产。看着这些土特产，老同志们都笑着骂："这鬼老李，不知是咋想的，钱拖着不还，却干这赔本的事情。"老李听不见这骂声，董功国听见了。董功国下次去讨账了就告诉老李，老李只是笑，钱还是拖着不给。于是，单位里就有人说，董功国最喜欢去要账了，每次都是为了喝酒，捞东西。天地良心，董功国可不是爱占小便宜的人。他要是爱占小便宜就发了，单位里都买单元楼了，只有董功国穷得还住在破烂的平房里。不信，这阵子董功国正在烂平房里收拾东西，准备去找老李要账呢。

不过，这次去的不只是董功国了，董功国再也见不着老李了。老李已经死了。老李临死前把拖欠了 15 年的 50 元钱连本带息都寄来了，还写了一封信。信中说拖欠的钱并非是不给，而是想留个念记。他念记着单位，也希望单位念记着他。信中还说，这些年就是冤枉了董功国。单位领导读罢信，就决定单位同志都去送老李，就董功国不知道。不知道老李死了的董功国这会儿想："这鬼老李，这下又能喝几杯了。"说罢，就把儿子捎来的两瓶好酒装进包里，去找老李去了。

一个苹果

奶奶被送进医院的时候，手里还握着那个红艳艳的苹果。手上的血在汩汩地流着，而手却依然紧紧地攥着那个苹果不放，医生怎么也取不下来。

这时，旺仔就来了，旺仔流着泪趴着奶奶耳边轻轻地喊了一声"奶奶"，奶奶的手松了，红艳艳的苹果落在旺仔手中，旺仔就哭了。旺仔的泪水犹如珠帘似的雨水，冲洗掉了苹果上的血迹，红红的苹果就生出一片圣洁的光亮，旺仔就在那片光亮里看见奶奶慈祥的笑脸。

旺仔听警察叔叔说，奶奶是为了抢那个苹果，被飞速而来的摩托车撞倒的。摩托的速度很快，奶奶被撞倒后翻了两个滚，脸上、头上、腿上、手上全是伤，而那苹果却完好无损。望望手中的苹果，他真想把苹果砸烂打碎，但他没有，他好久好久都没有见过这么好的苹果了，他不忍心。再说，奶奶已经为它受了伤，怎能把苹果踏碎砸烂呢？

抬眼看着病床上的奶奶，旺仔就抱怨起自己来，抱怨自己不该想着法子骗奶奶的苹果。

旺仔只有六岁，六岁的旺仔应该有一个幸福快乐的童年，可惜他没有。在他的记忆里，很早很早的时候，有过几天的快乐。那时，他们家有一个小院，小院里有花，有草坪，还有爷爷和奶奶亲手栽种的一株苹果树，苹果树上结满红艳艳的苹果。那时，家里有奶奶，有爸爸，有妈妈，还有许许多多经常给他买玩具和水果的叔叔阿姨。后来，他的爸爸被警察叔叔叫走了，再也没有回来；再后来，妈妈也走了，再也没有回来。奶奶就领着他住进现在这间小平房，那些经常喊"旺仔"的叔叔阿姨们也不见了，只有奶奶一声声地喊着"旺仔"。奶奶为什么要和他搬进这间小屋他也不知道；只知道院里没有花，没有草坪，也没有可以结红艳艳的苹果的树了。没有果树也不要紧，只要有苹果也好，旺仔就偷偷回自己住过的小院，可小院的果树被砍了。旺仔回来的时候就看见巷子口水果摊儿上一溜儿一串的苹果，一个个红艳艳的苹果勾起了旺仔胃里的一条条馋虫，旺仔的哈喇子就流了出来。然后，他就拖着哈喇子找到奶奶，让奶奶买苹果。奶奶虽然一次次地答应他，却一个苹果也没有买。失望之余旺仔就想起了老师，他想每次老师要什么奶奶都会想办法。于是，他告诉奶奶，说是老师让带一个苹果好画画。奶奶虽然似信非信，可奶奶还是捣着小脚去给他买苹果。没想到，就出去买一个苹果，奶奶就出事了，奶奶被撞伤送进了医院。

旺仔望着躺在病床的奶奶，泪水又哗啦啦地流。清澈的泪水滴在红红的苹果上，苹果变得晶莹而剔透。旺仔仔细地看了看苹果，又看看奶奶，末了咽下一口唾沫就开始削皮。红红的果皮一圈一圈的退去，就露出嫩黄的果肉。旺仔又把它切成薄薄的薄片，他一声声地呼喊着"奶奶"，一片片喂进了奶奶的嘴里。他发现奶奶的嘴在蠕动，一片一片的苹果被奶奶慢慢地吃了。吃完了苹果，奶奶就醒了。奶奶醒了，旺仔就笑了，笑得好甜好甜。

"旺仔，苹果呢?"奶奶醒来了就问。

"奶奶，给你吃了。"旺仔笑着说。

"我吃了，那你画画咋办呢?"奶奶问。

"没事，奶奶，我会画苹果了。不信，我画给你看。"

旺仔说罢，就拿起铅笔在作业本上画。不一会儿，画就画好了。旺仔的画上画了一座小楼，小楼前有一个小院，小院有花，有草坪，还有一株苹果树，树下有奶奶，有爸爸，有妈妈，还有旺仔，旺仔抬头看着果树，苹果树上结满了苹果，一个个红艳艳的苹果像一个个硕大的星星，也像一个个美丽的希望。

回　归

　　那是高三的第一学期，当高大威猛、一脸阳光的马明踏进我们的教室，女生眼睛一下子就亮了起来。哪里来的这么帅气的男孩呢？而且成绩也是那么出色，谁见了他都想和他说说话套套近乎。可惜，不是每个女生都有那么好的机会。

　　而我是机会最好的女生。

　　马明和我住在一个小区，我们每天上学放学都在一起。我们那个小区离学校很远，我最害怕的就是那条没有尽头的马路。自从马明来后，我们发觉那条路变得很短很短了，还没说上几句话，不是到了学校，就是回了家，弄得人心里总是弥漫着一丝淡淡的幸福和淡淡的遗憾。于是，在学校的时候，我急切地等待着放学；回到家里，我又热切地盼望着上学，期冀着和马明有更多的时间能够待在一起。

　　一起待得久了，班上就有了许多飞短流长，说是我和马明谈恋爱了。恋了吗？我仔细地回忆，没有的，我们只是彼此的欣赏。我想，如果说马明愿意，我当然是不会拒绝的。谁能够拒绝呢？因此，面对别人的猜疑，我不解释，我相信大家迟早会明白的。

　　面对我的沉默，大家更加坚定了他们的判断，硬说是我和马明谈恋爱了，就连我的几个死党也不相信。面对她们的质问，我一遍一遍的否认，她们仍然不相信。末了，她们下了通牒，让我上学放学不要和马明一起。那么长的街道，怎么可能又怎么忍心呢？每天早上我还是和马明一起上学，下午放学了我们又一起回家。一路上我们开开心心说说笑笑，我要用开心和欢笑气死那一双双妒忌的眼睛。

直到有一天，老师把我叫到办公室谈话，问我和马明是不是早恋了。我才知道了问题严重了，我极力否认。老师说，连你的那几个死党都承认了，你还能否认吗？我没有想到她们会是那样，竟然在我的背后打小报告。我最恨打小报告的人了，我想，她们既然无情，我就做到无义，只要有马明陪伴，我依然会很开心快乐。说不定我和马明还真能演绎一曲校园恋曲，岂不气煞她们。

可是，马明也不理我了，每天上学他总是提前出发，放学的时候他又飞奔而去。我知道老师也批评了他，我想他只不过是在同学面前做做样子，过几天就会好的。谁知道过了几天，他竟然在班上散布谣言说我纠缠他，他坚决地拒绝了。我没有想到他竟然是这样的人。既然这样，也就没有留恋的必要了。我和几个死党的隔阂没有了，我就回归朋友圈吧。

我被孤立了。我发现朋友圈我也进不去，看见死党她们说说笑笑，我一脸笑意走近她们，她们立即分散而去。失去了朋友，我就结交新朋友吧，我发现班级里谁也不愿意搭理我。后来，没有人和我同桌，没有人和我一起做值日，甚至没有人和说话。班主任开始批评我不团结同学，后来连批评我也不屑于了，我孤零零地坐在教室最后一张孤零零的桌子后面。

我被彻底孤立了。这时，我发现这一切都是我的死党操纵的。她不仅孤立了我，还和马明打得火热，俨然一对情侣同进同出，十分让人眼气。那时，年少又孤傲的我不去解释我自己，更不屑于打小报告，我埋头学习，把时间和精力全部用到了学习上。在别人为我被孤立而沾沾自喜的时候，我的学习成绩突飞猛进，以至于老师都感到十分的怀疑。面对老师怀疑的目光，我什么也不解释，依然努力着，我相信高考过后老师就明白。

孤独的高三终于过去了，我以全市第一的成绩考入北京一所著名的大学。然后读研，读博士，二十年后我已经成为一个全国著名的专家。可是，我时刻不能忘记高三那一年孤立的生活。我也从来没有和我高中的同学有过联系，我害怕她们刻意的冷漠再次伤害了我。

二十年后，母校搞校庆，我终于见到了昔日的那些同学。看见一张张刻满皱纹和沧桑的脸，心里是五味杂陈，不知道该说些什么，只是唏嘘和感叹，不住地怀恋少年的美好。因此，当当年的死党得意地对我说："你应该感谢我，不是我，你怎么能有现在呢？"我说："不，我宁愿不要现在的一切，我也不愿意体味孤独的滋味。"

说罢，我哭了，滚烫的泪水流过心头，心头是一片怆然。

手表的记忆

有多少年不戴手表了，仔细回想一下，好像已经有十多年了吧。记得大约香港回归的时候，开始流行传呼机，买了传呼机，接着就用手机，它们都具备手表的功能，就再没有戴过手表。

我们小的时候，手表是非常时髦的，甚至比现在限量版的苹果手机还要稀奇。记得那时候年轻人结婚家境好的男方要准备"三转一响"——手表、自行车、缝纫机和收音机，可见手表的分量，可以说与现在的结婚新房相媲美了。现在一个村子的人至少有十多户甚至更多的人家在城里购买了商品房，可那时候一个大队也没有几个人有手表。大队支书有，大队长就不一定有，各小队长绝对是没有的。小学的公办教师可能有手表，民办老师基本没有。学生上课放学用闹钟掌握时间，闹钟掌握在校长的手里。

我不知道表哥戴名表是什么感觉，那时候的人如果手上戴表的话，真的是很跩的。记得那时候我们村民兵连长有一块手表，无论干什么，左手的衣袖都会高高挽起，就连寒冷的冬天也不例外。银光耀眼的手表骄傲的上下飞舞，很是勾引人的眼睛。连长也很是得意，也十分珍惜。记得民兵连长有一次上树打核桃时，不小心从树上跌落下来，头跌破了，鲜血直流，他都顾不得处理，急忙摘下手表，看看走不走，听听响不响，得知手表是好的时，高兴的一笑，才去处理自己的伤口。

可见，民兵连长是多么的心疼自己的手表。民兵连长虽然很心疼自己的手表，可是他很大方。那时候很多的人没有手表，可相亲的时候都希望自己拥有一块手表。哪里来，向民兵连长借。民兵连长很愿意成人之美，只要有人借，来者不拒。就连不敢向他开口的五类分子的狗崽子相亲了，他还会主动把手表送来。有了那块表，给村子里的年轻人哄回来十几个新媳妇。遗憾的是那块手表在又一次陪同他人相亲时，不小心淋了一场大雨进水了，借表的小伙子不知道如何处理，后来表生锈而停摆了。表虽然停摆了，民兵连长依然舍不得丢弃，依然戴在手上骄傲地勾引别人的眼光，偶尔还陪同村子里的小伙到外面相亲。只是别人问及时间时，不得不看看天，才能作出判断。

那时候，大人弄一块手表很艰难，我们小孩子弄一块手表其实很简单，只要你有钢笔或者圆珠笔就可以了。我们常常是用墨水瓶的盖子在手腕上扣一个圆圈，然后按照书上表的样子画出时针、分针、秒针，还有时、分、秒的刻度，再画一个表链，"手表"就做好了，而且是喜欢什么样式就有什么样式，想要几个就有几个。不仅戴在手腕，还可以戴在脚腕，跩的不得了。有时候觉得戴手表不过瘾，我们会用写大楷小楷的毛笔给自己画一幅眼镜，偶尔也会在上唇画一撇仁丹胡子，然后"死啦死啦"的叫嚣，高兴地不得了。

记得自己第一次戴手表的时候，好像已经当代课教师了吧。那是一家只有几个学生的教学点，一共三个年级，就我一个教师。才去的时候靠一个闹钟掌握时间，闹钟经常罢工，课上的长长短短，好在时间由自己支配，学生不敢找我的麻烦。后来，闹钟坏了，学杂费本来就不够支出，学生还常常拖欠。代课教师还是没有办法，只好向父亲要求买一块表。那时候最受欢迎的表是"上海"手表，西安的"蝴蝶"表也很美。父亲图简单，把我堂兄的一块旧手表买了给我。心里虽然不怎么热心，终究是有手表了，进进出出也把手腕高高地露出了，意欲用它勾引别人的眼睛。可惜，表已经很贱了，谁也懒得注意了，就连家境好一些的学生，手腕也会带一块做工精良的手表。

后来，又戴过几块手表，已经记不清楚了，好像三年五年换一次。一次比一次的好，一次一次比一次淡漠，后来手表干脆退出我的生活。直到网上出现众多"表哥""表叔"的故事，才发现身边许多人也戴上了手表。那些表自然是做工精细、名头响亮的手表，有意无意地勾引着别人的眼光，证明着主人的身份。有朋友建议我也去买一款手表，摇摇头一笑了之。倒是想起画表的童年，那时候画在手上的表没有动，却带走我们生命中最美的时光。

收音机

春节回老家，当兵复员的侄子送我一个收音机。军绿色，有二十厘米长、十厘米高，并且不用电池，可以用太阳能充电，亦可以用手柄自行发电。它不仅具备收音机的所有功能，还可以用它给手机充电，夜间无灯无光的时候，还可以用做照明。我爱不释手握在掌心，转动旋柄，倾听清脆的电波声，思绪立马回到30多年前。

那时候虽然已经是80年代初期，在农村，收音机还是大多数家庭里不可多得的一件奢侈品。记得那时候男女相亲结婚时，女方要求男方家要有"三转一响"的，"三转"是指自行车、手表、缝纫机，"一响"指的就是收音机。那时候不知道多少人为了一个收音机愁白了头发，也不知道有多少人因为收音机而闹得有情人劳燕分飞。

因此，谁家都以自己有一台收音机而自豪。

我家拥有收音机的时间很晚，我见到的第一个收音机是谁家的呢，我一直回想不起来了。可我记得我们村有一个姓陈的拖拉机手有一台收音机。那个机子是上海产的吧，外面还套了一个皮套子，有一条长长的带子可以挎在肩上。行走的时候，声音一路的"哇呜哇呜"的叫喊，喊得年轻的姑娘媳妇高兴的笑，他更是拽的不得了。还有就是学校的老师有一个收音机，老师经常跟着学习英语，老师学会了英语后就回到了城里，让人很是羡慕。还有就是大队长家有一个收音机——其实是个三用机，带供放的，可以带高音喇叭。大队长不用高音喇叭讲话了，我们就到他家去听收音机。那个机子音量大，音质清，说什么都是明明白白的，我们听得很用心。到了第二天了，我们到学校炫耀自己的收获，享受一番别人羡慕的目光。

还记得一个堂兄家好像有一台收音机，满村子似乎就这么几台收音机了，别人家都买不起。还有一个是可以买收音机的，他不敢买。那个人我叫表哥，据说手里存了一千多块钱。那时候的一千块很是值钱，可以做很多的事情的，哪一个都羡慕他。可惜，他家"三转一响"一样都没有。买自行车吧，他说他不出门；买手表吧，他说他不认得字；买缝纫机吧，他是个鳏夫没用。那就买一个收音机听听声音吧，他坚决不买。他和我父亲年纪相当，常常来我家和我父亲拉家常，我父亲也劝他买一个收音机，以免回家太过寂寞。他叹息一声，说不敢买，因为自己没有文化，怕买了收音机误听了"敌台"而被"法办"了。那时候好像"敌台"很多，我记得我们公社每年都有因为偷听"敌台"而被"法办"了的人。说罢，他就走了，走的时候嘱咐我好好读书，不然有钱了连个收音机都不敢买。

于是，我就好好读书。我读书不仅仅是为了听听收音机，是因为我心中有着更为远大的理想。可惜，现实常常会给理想迎头一棒。高考失败，理想便也风吹雨散花落去。十七岁的我，不得不走关系到一个教学点去担任代课教师。那个教学点只有六七个学生，三个年级，寂寥孤苦的生活真是让我度日如年。这时，我就想买一个收音机。可惜，我没有工资，我的工资待遇仅仅是一年三百六十斤毛粮，连我自己的肚子都无法填饱，哪来半分钱让我实现自己小小的愿望。课余饭后，我就背诵糊墙的报纸上多少年前的新闻，顺着背，又反着背，就连标点也一个一个的背出来。

好在这时家里的日子好转了，父亲在忙碌完庄稼之余，也可以外出打工挣钱，家里不仅盖了新房，还有了几个余钱。因此，趁着父亲高兴的时候，我告诉父亲，想要一个收音机。父亲问，要收音机做什么？我说，好学英语，那时很多的电台都开办有英语讲座。我知道父亲有英语情结的，十多岁在西安上学就会用英文写作文。父亲答应了，说是我堂姐出嫁时他要到西安，他会给我买一个收音机回来。

父亲回来了，父亲真的给我买了一个收音机。机子的牌子我记不得了，我记得机子的下部分是白色的，像那时候流行的白色的确良一样，也想雨后的白云一般；上面是绿色，嫩绿的，像顶花带露的黄瓜一般翠绿莹莹。特别是那声音，响亮，清脆，没有一点儿杂音。我每天进出的时候，都带着它，任由它"呜哩哇啦"的叫唤；夜里睡觉，我绝对是和它同枕而眠。如果有谁家结婚要用我的收音机，我一定亲自操纵开关，夜晚它必须和我一起回家，相伴而眠。

那时候，收音机的节目很丰富。我喜欢中央台的新闻联播，喜欢听"小喇叭"，喜欢听秦腔，最喜欢听的还是"文学欣赏"和"文学芳草地"。我半夜三更也偷听敌台，听过"美国之音"的胡话，还偷听过"莫斯科人们广播电台"的节目。偷听敌台真是兴奋和刺激，就像保守的女人偷了情，惊喜满怀却无人可以诉说。更喜欢就是听音乐，跟着每周一歌学习唱歌。那时学习的歌有《妈妈的吻》《军港之夜》《小草》等等，到现在我也常常在歌厅卡拉 OK 一番，博得几声掌声。

收音机赶走了我的寂寞，给我带来的快乐至今依然快乐着我的生活。然而，收音机一直没有起到让我学习英语的目的。起初是想学习的，也曾经跟着学习了 26 个字母，后来我移情别恋了，皈依到缪斯门下，成为一个文学青年，走上业余创作之路。好在父亲待人宽厚，他不求我一定学习英语，他唯愿他的儿子生活快乐。

后来呢，我离开老家到别处工作。随着录音机、电视机的普及，我那个收音机彻底地走出了我的生活。我不知道它现在是在我老家的房子里，还是被遗弃了，但它带给我的快乐一直在我心头，而且至今还快乐着我的生活。

麦芽糖

小时候最喜欢的零食就是麦芽糖了。

麦芽糖的制作简单，先将麦子浸泡后，让它发芽，待麦芽长到一寸多长，就将麦芽切碎。再用水将玉米糁浸透，把切碎的麦芽搅拌均匀，再用石磨磨成浆，最后过滤挤出汁液。而后把汁液用火煎熬成糊状，冷却后成琥珀状的东西，这就是麦芽糖了。这时的麦芽糖叫板糖，也有叫老糖的。吃的时候可以直接吃块儿，也可以如拉面般将糖块拉至白色再吃。

这是麦芽糖的初期阶段，一般的人家都会做。再进一步加工，叫搀糖，就是给麦芽糖里搀东西，那是有一些技术的活儿了。

这时，不得不提到我堂姑了。

父亲说，堂姑小的时候就不喜欢读书，任凭爷爷责罚都不去学堂。堂姑喜欢女红，喜欢针织刺绣，更喜欢厨艺。我奶奶精于女红，也擅长厨艺，堂姑整天围着奶奶转。十二三岁，堂姑做出的绣品就让奶奶佩服得不得了；十四五岁，堂姑就可以单独做出风味别致的海菜席面了。不仅奶奶赞不绝口，就连走州过县出过洋的爷爷也赞赏有加。爷爷就寻思给堂姑找个好人家，不然会糟蹋了堂姑的手艺。

可惜，堂姑的手艺还是糟蹋了。就在爷爷给堂姑寻思好人家的时候，解放了，出身地主家的堂姑连个一般的人家都难以找到。后来，还是给我们家放过牛的堂姑父屈尊，堂姑才得以嫁了一个实诚人家。

堂姑父虽然是个实诚人，但是家里太穷了，堂姑的手艺实在是没有办法施展。一手高超的女红技术，只能用来浆洗破衣烂衫；一手绝妙的厨艺，只能搬弄洋芋红薯包谷野菜。不过，堂姑不这样认为，堂姑从不作践自己的手艺。于是，一样的破衣烂衫经堂姑打理之后，一家人就有了不一样的气度；一样的洋芋红薯包谷野菜，堂姑父吃出不一样的风味。谁见了堂姑父，都会说堂姑父是有福之人。

不仅堂姑父是有福之人，我们也成了有福之人。逢着放假的日子，我们就往堂姑家里跑，堂姑竭尽所能给我们做好吃的。我们没有想到堂姑有那么高的手艺，单就一个洋芋，堂姑就可以做出十几个不同的吃法。既就是做一个普通的洋芋丝，堂姑做出来的味道绝对与别人不一样，让人百吃不厌。有时随意扯一把草，堂姑做出来，就能做出让别人忘不了的美味。问母亲为什么会这样时，母亲说堂姑是有心之人，有心了，就没有做不好的事情。

就说麦芽糖吧，堂姑真是用了心思。

麦芽糖做成老糖，可以做成小块直接食用。一般人不这么吃，吃起来浪费，也不雅观；吃少了不解馋，吃多了胃里不舒服。因此，麦芽糖吃的时候要掺一些配料。大多数人家会把玉米粒炒成爆米花，或者把黄豆，讲究一些的把芝麻炒熟，搀入麦芽糖，做成块或者切成片，吃起来感觉总是不那么精美。堂姑做糖的搀料时，也用这种东西，可方法不一样：她用包谷粒、黄豆时，会把包谷粒、黄豆煮熟，放在雪地里冻成冰疙瘩，然后晾干炒熟，这样做出的搀料脆；堂姑喜欢漏包谷鱼儿做搀料，就是把包谷鱼儿漏出来，放到雪地里冻成冰疙瘩，然后烘干炒脆；堂姑喜欢在田头地角撒种一种叫关粟的植物，专门用来做搀料。堂姑用这些搀料搀糖时，还会添加核桃仁、芝麻等东西，适当加一下橘子皮等不值钱的小香料，严格把握比例，所以堂姑做出来的糖色净形美、香甜可口得叫人难忘。

不过，那时候日子太苦焦了，能填饱肚子就不错了，堂姑的讲究很不讨人喜欢。有人就开会斗争堂姑不忘地主小姐的生活，队长还恶毒地让堂姑干男人该干的淘厕所、泼大粪的活计。尽管那么辛苦，堂姑家的吃喝依然坚持自己的爱好，精心的烹调家里的一餐一粥。再难，她绝不作践自己的手艺；再苦，她也会做出色净形美、香甜可口的麦芽糖，让我们记住生活的甜蜜。

艰苦的生活到底没有熬过堂姑的坚韧。日子一天天好起来，堂姑的手艺大放光彩，十里八乡谁家有了红白喜事都会请堂姑去主厨。堂姑主厨的席面，客人吃得盘干碗尽欣喜不已，堂姑也是满心欢喜。

后来，堂姑在城里开办了一家私房菜馆，天天都是食客盈门。吃饭的客人不但喜欢堂姑烹制的佳肴，而且喜欢堂姑赠送的麦芽糖。堂姑虽然过起了城里人的生活，堂姑的麦芽糖还是按照老办法制作出来的，色净形美、香甜可口，让人难以忘怀。

我离开故乡多年了，依然是年年收到堂姑给我的麦芽糖。那些色净形美、香甜可口的麦芽糖不仅勾起我的记忆，也甜蜜着我的生活。

温暖的火盆

    时间刚刚跨入农历的十月，大雪就扑面而来，寒冷犹如无形的绳索，捆绑住人的手脚，心里却生出了一个温暖的火盆。

    火盆是冬天带给我们的礼物。童年的时候，大人们总是很忙，忙着种地，忙着修路，忙着给大人物们闹革命，常常会忘记了我们这些小孩子，任由我们在四野里行走。而到了冬天，到处是冰天雪地和刺骨的寒风，父母干活回来就会生一盆火，然后把我们喊回家里。记得家里的火盆很大，四周不仅可以放四条长凳，而且还可以放小凳子。父母把我摁在他们前面的一个个小凳子上，前面就是熊熊的炉火，后面是宽阔的胸膛，一家人围坐在火盆的旁边说着家长里短，破屋里盈溢的是化不开的温暖。

    轮着上学的时候了，火盆就变小了，而且小学时的火盆还可以随着我们四处奔走。记得第一个跟我奔走的火盆是用碗做的。那个碗是父亲吃饭用的搪瓷碗，黑底子绿花纹很是珍贵，父亲还是在碗口边钻了四个小眼，用铁丝做了一个长长的系，一个火盆就好了。第二天的早上，母亲把旺旺的炭火和温暖装进火盆，送进我那空旷破烂的教室。

    教室真的是破烂，虽有房顶，却没有顶棚，屋外的风高兴得从四周往教室里灌；窗户边的风见了，也不甘落后勇往直前；而门口的风呢，更是耀武扬威，不可一世。我们虽然有那么多的火盆，教室依然是一片冰凉。

教室真的太冷了，老师就把我们带进他的房子讲课。那时虽然没有课本，也没有那么多的作业，因为有了这温暖的火盆，有了老师的细心，我们不仅学会了《毛主席语录》，学会了"老三篇"，学会了"算术""珠算"等许许多多的知识，我们还养成刻苦和认真的品质，让我们可以受惠终身。

火盆不仅给我带来了温暖，带来了知识，也给我们带来许多的快乐。那时的冬天很冷，尽管有雪，还有冰，有雪地里奔走的兔子和枝头飞舞的麻雀，但众多的快乐还是火盆带给我们的。我们喜欢用温暖的火盆殷勤邻家的女孩，我们喜欢用熄灭的木炭把学来的知识炫耀在村办公室白白的墙上，我们还喜欢从家里偷一把包谷粒，在火盆边炮出一粒粒白白的苞谷花。当然，最喜欢的还是把枝头冰凉的红柿子烤出浓浓的汁液，甜在嘴里，暖在心头。

随着我们一天天长大，手里日渐增大、可以移动的火盆一直温暖着我们的冬天。待到我高中毕业回老家做了一名乡村教师，我的冬天依然离不开火盆的温暖。不过那时火盆可以不移动了，装火的锅子是专门的火盆锅，周边是一个专制的火盆架子。架子上可以架一个小方桌，我可以在上面批改学生作业，可以读书，也可以写小文章。最好的是大雪纷飞的日子，弄上两个小菜，煨一壶自酿的甘蔗酒，喊上几个朋友，边喝边聊，更是美得不得了。

当然，此情此景也是最适宜恋爱的。我的初恋就发生在那温暖的火盆边。她也是我们学校的老师，在那漫长的冬天里，我们常常围在火盆说话。说些什么已经记不清楚了，只觉得越来越投机，话也越来越少。待到四目对望什么也都明白的时候了，爱情就瓜熟蒂落了。

可惜，冬天过去，春天就来了，我的初恋也随风而逝。后来，我也离开了那个山村小学，不觉之中把那个火盆就丢失了。而且，树林禁伐，木炭禁用了，冬天寒流再来的时候，我只好用电炉子、电暖气、空调取暖。用电取暖虽然简单洁净，虽然也是暖意融融，然而多少年了，我的心里总是一种空落落的，有种没有依托而又漂浮的感觉，说不清楚也道不明白。

此刻，大雪飞舞，我怀抱电暖气，身背空调，背心处细汗津津，我的心依然在遥远的火盆边。这时，我终于明白了，温暖不仅是一种温度的感觉，温暖更是一种心境。只要我们心境快乐，温暖就会无处不在。

放 牛

每年的暑期，无论工作多么繁忙，我总要挤出时间，回老家放一天牛。

出生的那天，父母就知道我将来成不了全劳力，从那天起，就熬煎着我的未来。那时，父亲是现行反革命，母亲是地主分子，刚出生的我自然是狗崽子。狗崽子自然没有别的出路，只有去干活。可是我身体有问题，自然做不成全劳力。城里能干什么父亲母亲想象不出来，而村里能做的会计、队长、保管员之类，父亲母亲想都不敢想，父亲母亲撑破了胆子，终于为我的未来找了一份工作——放牛。

其实，在那种年月，放牛都轮不着我这样的狗崽子，可父母实在没有其他的办法可以安排我的未来。为了使我长大成人后能干上那份工作，父亲母亲早早的为我做起了工作。他们不仅赔上比以前更为殷勤的笑脸，而且还做出了许许多多的努力。父亲用他在监狱学来的油染手艺，为别人油染家具，母亲用自己的厨艺，为别人做香做辣做吃做喝。父母的努力没有白费，善良的乡亲们纷纷提议让我长大了做放牛员。大队、小队干部也没有意见。于是年年春季的生产安排会上，我都会被生产队定为放牛员。无可骄傲的我，每年的这个时候总是很骄傲地挺着瘦小的胸走在学校的操场上，因为全村只有我一个是放牛员。于是我就急切地盼望自己长大，长大了我就会成为放牛员。

　　我终于长大了，也上完了高中，因身体的原因我失去了升学的机会，回到了农村。可是几年前集体已解散了，牛也分到了各家各户，村上组上都没了放牛员。村、组干部见我毕了业，又没有了集体，有人就鼓动把村里不多的几头牛集中起来，再掏一份工钱，给我找一份谋生之路。我接过了牛鞭，满眼的泪水就奔涌而出。我知道这根牛鞭是由许许多多的爱组成的，我唯一能做的就是把自己的爱倾注在牛身上。

　　遗憾的是那根充满关怀和爱意的牛鞭我只握了一天。因为父亲的奔波，我又去做了一名乡村教师。后来，我又成了乡政府的干部，继而到文化馆被人称为"作家"。在这十几年的跋涉中，无论我在哪里，无论在干什么，总要在暑期，挤出时间回家去放一天牛，做一天放牛员。有时，工作上遇到了挫折，生活上遇到了困难，或是受到歧视，我都会回到老家放一天牛，做一回放牛员。手握牛鞭，心中的痛苦、生活的困难和心里的屈辱，一切的一切都会烟消云散，因为我拥有的是那份关心和挚爱。这时，我想待我有了妻子，我就把这故事讲给她听，等她听完了这个故事，我希望她说："走，我们去放牛！"这时，我又想，待我有了儿子，我不仅要讲给他这个故事，而且要领着他去放牛，我传递的不是一种仪式，传递的是人的一生中人最为渴望的关怀和爱心。

门里门外

　　高中毕业那一年夏天，要过生日了的父亲当时在一个叫柴坪的小镇上为别人做油漆，母亲就给了我两块钱，让我去接父亲回家。母亲详细交代我在什么地方坐车，在什么地方下车，又去找什么人就可以找到父亲。一切安排好了，母亲就让我随村里的一个拖拉机进城，然后再坐班车去找父亲。

　　可是待到我赶到车站，到柴坪的唯一的一趟班车已经走了，我顿时傻了眼。柴坪是去不了了，又不知道邻居在哪，怎么办呢？这是我第一次进县城，那时我的脑海里虽然装满了国内国外的大都市，我也有着一个又一个的远大理想，但眼前这个小城我还是非常陌生的。城里也有一两家亲戚，我又不好意思去麻烦他们，我只有到街上去转悠，意欲寻找一个熟人，寻找一个办法。

　　县城里的人虽然很多，却没有我的一个熟人。转悠了几圈，肚子已经饿得呱呱叫了，我只有用那两块钱先添饱了肚子。肚子饱了，晚上又住在哪呢？我只有继续在街上去转悠，以期碰上一个熟人，或是碰上我的亲戚。从八点转到十一点，县城的街道我不知转了几个来回了，街道上已经没有什么人了，我不仅没有碰到我的亲戚，也没有遇上我的熟人。该怎么办呢？好在是夏天，年少又自尊的我就准备在那个楼房的雨棚下过一个晚上。那时县城里的楼房不多，除了县政府、公安局，就剩下邮电局和文化馆的楼房了。县政府、公安局太严肃了，邮电局的雨棚又太狭窄，我选中了文化馆的楼房。文化馆楼房前不但宽敞，而且还有一块黑板可以遮挡风雨。于是，我就在文化馆的楼房前睡下了。当时有没有其他的什么想法我已经记不清了，可我还记得第二天早晨醒来，看看那高大的楼房，我就暗自下了一个决心——我将来一定要到这个房子里面来工作。那时，我是一个落第回乡青年，熟知要实现这个理想需要多么努力，但是为了实现这个理想，我别无选择。

经过十五年的努力，我由一个农民成为文化馆的文学干部，终于实现了我少年时的理想——到文化馆工作。虽然文化馆的楼房在如林的楼房面前已是那么的破败，可我仍然感到十分的自豪——因为残酷的现实使我付出了太多的艰辛和汗水。我十分珍惜我的这份工作，我努力地干好每一件事情。也因为我的努力，后来我又成了文化馆的负责人，俨然是这座楼的主人了。我深知自己的不易，我对自己对同事要求都非常严格。因此，当我看到单位新来的大学生一副怀才不遇的神态后，我就把我的故事讲给他。没想到他听了我的故事后，想都没想，说："你干了二十年才走到我一夜之间就得到的这一步，你凭什么来要求我？"我虽然被噎得白眼直翻，我也知道我奋斗二十年的成果不过是他的起点，可我还是耐着性子告诉他说："是呀，我二十年才走到现在起点的这一步，如果你用二十年的时间，你一定会拥有你想得到的东西。"看看他似有所悟的神情，我又说："人生的路上，也许我们无法选择我们的起点，可是我们的努力可以决定我们的高度。"

他听了我的话，从此改变了自己的工作态度。一年之后，他就找到了一份理想的工作。临走的时候他告诉我，人和人是没法进行比较的，可人必须学会和自己比较。

是的，人生的路上我们常常无法和别人比较，可我们必须学会和自己比较。学会了比较，我们才能进步。

救人如救己

他是一个普通的的士司机，两年的时间，他竟然主动救助了十六次车祸伤员，挽救了 30 多个垂危的生命。期间，他经受了很多的委屈，他仍然乐此不疲。当我问他为什么要做别人避之不及的事情时，他给我讲了一个故事：

一年的一个深夜，我的车在郊外一个偏僻的路段行走，突然我看见路中间躺着一个人。我知道完了，一定是那个该死的司机把人撞了，然后驾车逃逸。我很后悔今天晚上到这个路上跑车了。

以前，我是不到这条路上来的，太偏僻，容易出事。可是最近我经常在这条路上跑，这条郊外的路客人打车很不容易，如果遇上了就可以多挣一点钱，比守在城里强。我的老婆病了，我很需要钱，我需要很多的钱给老婆治病。

我一直认为我老婆的病不是病，只是怀孕了。不过别人的老婆怀孕是怀在子宫内，我的老婆怀孕怀在子宫外。我想，按说怀在子宫外应该是儿子抄近道了，谁想到医生硬说是病，是非常危险的病。医生还说要引产。引产就引产吧，无非就是要钱呗，我准备掏钱认宰。

可是，光有钱还不行，医生说孩子月份很大了，手术以后要输血。输血就是输钱呗，不就是多宰一刀罢了。稀奇的事情又来了，妻子的血型很少见，找不到匹配的供血者。据说匹配的血型只有十万分之一的概率，这个城市的所有医院都没有这种血源。我没有办法，只好一边让妻子住院观察，我一边挣钱，再通过客人帮助寻找这种血源，因为买血也是需要钱的。

那几天的钱挣得不错，可惜血源还是没有找到。医生说，孩子一天天长大，危险也一天天长大，让我赶快想办法。该想的办法都想了，还有什么办法呢？我打算在电视台打个广告，寻找这种血源。打广告需要2000元，这几天只挣了1800元，我想晚上多跑几趟，再挣个200元，明天好把广告打，谁知道遇上这样的事情。

看见血泊中还在扭动的人，我立马调转了车头，打算尽快逃离这个地方。我本来想去救人的，我担心遭遇别人的讹诈，我有过很多回教训的。远的不说，就说去年夏天吧，也是在一条僻静的道路上，也是一辆车肇事逃逸，我看着地上可怜受伤的老人，好心把他送进了医院。可是，老人和他的家属硬说是我撞的，不仅要我负担医药费，还要我出误工费。我记得那个地方是有摄像头的，我请求交警调出摄像资料，证明我的清白。交警不但不出示影像资料，还定性说我是肇事司机，判我掏了医药费、误工费，还罚了我的款，扣了我的执照，真是气得让人吐血。

调转车头走了几十米，我又调转了车头。我想，那个人还活着，万一救援迟了，他死了，我会一辈子不得安宁。我停下车，那个人真的还活着。我忘记了住院的妻子，将他迅速送进了医院，又用我准备给妻子打广告的钱，给他预付了医疗费，请医生为他治疗。医生做完手术说，幸亏我送的及时，要是再晚来半个小时，伤者的生命就结束了。这时，我又担心起我的钱了，我害怕又被前几次一样被人讹诈了。

这次还好，第二天醒过来的伤者给他的儿子说我是他的救命恩人，让他的家人把我垫付的医药费找给了我，还给了我五千块钱的红包谢谢我。人家命都差一点没了，还没有讹诈我，谢他都来不及呢，我怎么能够要人家的红包呢。我放下红包准备走的时候，母亲打电话说我妻子在医院小产大出血了。医生说过，如果再找不到血源的话，我妻子一小产生命就完了。手握电话，我忍不住泪流满面。

伤者的儿子见了，着急地问我为什么。我说我妻子小产出现大出血，小命难保。我又说我媳妇的血型特别，没有血源。说罢，我把妻子的血型告诉了他。谁知他一笑，说，这真是有缘，我和我弟都是这个血型，我们赶快到医院为你妻子输血吧。

他们兄弟的血流进我妻子的身体，我那走到鬼门关的妻子又活了。谁想到，我踩了调转车头拉了一程老人，却救了我妻子。

从那以后，凡是遇上有什么生命危险的伤员，我都会主动援手相救。既就是有可能遭遇冤屈误解，我也不放弃。因为，人都会遇上危险，都需要人的帮助。说白了，我们救人其实就是救我们自己。

飞来的考题

　　阿香到城里打工以前，在乡下的小学当过几年的代理教师，她对小孩子有一种特别的情感。因此，当她看见"小天使幼儿园"的招聘广告之后，明明知道自己的条件与招聘的要求相差很远，阿香还是揣着对这份工作的向往，来到招聘现场，如实地把自己的情况填在了表上。

　　把表交上去，阿香并没有抱多大的希望，可她仍然紧张地在那里等待着。等待的过程中，她看到许多女孩都一个个的落聘了。在阿香的眼里，她们是那么的优秀，那么的漂亮，而且又毕业于正规的师范院校，或是艺校幼师班。自己呢，来自农村，高中毕业，也没有什么特别的地方，和他们比较，相差得实在是太远了。有了这个对比，阿香心里不大的希望也熄灭了。希望熄灭了，阿香的心情反而平静了。轮到她面试的时候，她就有了一份冷静和坦然。

　　园长问她："你没有我们规定的大学文化，你为什么来应聘？"

　　阿香说："因为我教过几年的小学，我喜欢孩子，我喜欢这份工作。"

　　园长又说："你没有上过大学，你认为你能胜任得了这份工作吗？"

　　阿香说："大学毕业只能说明你受完了大学教育，并不能说明你就有某方面的能力。我虽然没有上过大学，可我相信我的能力。"

　　园长又问："你用什么来证明你的能力呢？"

阿香落落大方地说："我，我希望您能给我一个机会让我证明。"

园长轻轻一笑，说："好吧，我有几道题，你准备一下吧。"

阿香知道现在到了关键的时候了，她不想和她们一样几道题一问，灰溜溜地离开了。她对自己刚才的表现还是比较满意的，她想，只要自己沉着应对，应该是有希望的。阿香是一个坚强的人，只要有一线希望，她都会付出百倍的努力去争取。

阿香想到这儿，就抬眼看了一眼窗外，她想镇定一下自己的情绪。于是，她就看见了那个顽皮的爬树的孩子。孩子爬上树后，又登上一个斜生的枝条，极力地向前走。不料，脚下一滑就歪倒了，好在孩子身手敏捷，伸手又抓住旁边的枝条，吊在了空中，但情形十分的危险。阿香见了，急匆匆地跑了出去。园长急了，急忙喊阿香，说她是很有希望的，让她继续参加考试，不然就取消她的资格。阿香还是头也不回地跑了过去。

树不是很高，阿香没有费多大的力气，就把孩子接了下来。孩子高兴地喊了一声"谢谢"，就欢快地走了，她绷紧的心放了下来，她也才想起考试的事情。阿香知道自己已经失去了这个机会，不过她不后悔。回头看看她寄托了希望的考场，转身就准备离开。

这时，园长匆忙地赶了过来，告诉她："阿香，你被录取了。"

阿香疑惑地说："不会吧？我又没有完成你的考题。"

园长说："你不觉得刚才的一幕就是一份最好的考题吗？作为老师，你可能缺少某些专业知识，可是你有老师必须具备的爱心和责任感。"

美丽的红灯笼

　　我决定爬山，爬村后那座高高的山。

　　我不能待在村子里，也不能待在空旷的学校里。每一家都很热情，每一家都非常客气，可在那其乐融融又有一点忧伤的家里，我忽然觉得自己非常的多余，也非常的孤独。我想，要是春节回家了该有多好，和父母在一起述说家长里短，或者是默默无语，哪怕是争争吵吵，心里也会是快乐的，绝不会生出一丝孤独的感觉。很想给妈妈打一个电话，可惜夏天的一场洪灾，村外长长的电话线全毁了，再也没有修通，村长家唯一的电话就没有了响声，村子与外界隔绝了。

　　我开始爬山，我想躲开那些其乐融融又有一点忧伤的家带给我的孤独感，我也想用手机拍一些山村大年夜的照片，有机会发给城里的朋友。我拿着手机出发了。手机在这里没有什么用途，通话没有信号，时间靠太阳，可我每天还是把电池充得满满的，希望有奇迹出现，希望有一天电话突然响起，我能够听见妈妈的声音。外出的孩子，有谁不想念家里的妈妈呢？我春节选择留下，就是担心那些孩子过年时过于思念自己的妈妈。

　　想起来，这些孩子真是可怜。也许刚刚出生就与妈妈分开了，和爷爷奶奶生活在一起，好一点的一年能够见一次妈妈，有的几年都见不上妈妈。和妈妈的联系就是一根长长的电话线，对妈妈的印象就是电话线那头一个陌生的声音。如果没有了电话，妈妈就成为一份不可捉摸的想象，一份刻骨铭心的期待。有一天，妈妈真正地回到家里，自己的妈妈竟然是那么的陌生，那么的遥远。

在这个村子支教半年来，我见过太多这样的孩子。他们在家尽力帮爷爷奶奶做事，在学校用功地学习，目的就是在电话里和妈妈有一个话题，更是期盼那个叫妈妈的陌生人能够回来看看自己。他们想妈妈，又不愿意别人提起妈妈，一说到妈妈，他们就悄然离开了。记得一次我布置的作文题目叫"我的妈妈"，每个孩子都眼泪汪汪地看着我，看得我两眼热泪走出了教室。末了，孩子们的作文交来了，我几乎成为一半孩子心目中的妈妈。

想起孩子们想念妈妈的神情，我也想妈妈了。我想，妈妈一定会在温暖的家里和爸爸在念叨着我，念叨他们的女儿是胖了，还是瘦了，念叨他们的女儿年夜饭吃的是什么。此刻，我有一点埋怨自己不该留下来了，更埋怨自己为什么不到镇子给妈妈打一个电话。虽说年前给妈妈写了平安信，也寄回了自己的工资，可哪有什么用。女儿需要妈妈环绕身边的呵护，妈妈也需要女儿承欢膝下的欢乐。

夜来了，原野积雪生出幽蓝的光。蜿蜒的山路满是积雪，我气喘吁吁地攀爬着。我一边爬，一边查看手机，害怕偶尔的疏忽，忘记了问候妈妈的机会。累得实在是走不动了，我休息一下，回头看看山下的村子。以往安宁的村子，在今天的夜晚显得格外美丽，一家家的红灯笼高高悬挂着，给人以温暖，给人以希望，也指引着外出儿女回家的路。我想，我家的门口，妈妈一定也挂着灯笼，等着我回家。

想到妈妈，我继续攀爬。好在山路并不险峻，积雪也带来了祥瑞的光，平日不敢走夜路的我大胆地行走在山路上。我一边行走，一边翻看手机，我希望手机上出现联通外面的信号。山上寒风呼啸，我一点儿都不觉得冷，背上竟然有了微微的汗水。我继续攀爬，我相信前面的某一个地方一定有一个有手机信号的地方在等着我，等着我问候远方思念我的妈妈。

夜路艰辛，我终于登上了山顶。还不等我查看手机，电话铃声骤然响起，妈妈的电话来了。接通妈妈的电话，听见妈妈的声音，我高兴地哭了。擦把泪，我忽然想起来我教的那些孩子，有好多的孩子几年没有见过妈妈，还有的孩子半年都没有听过妈妈的声音了。于是，我兴奋地喊叫起来：

"山上有手机信号，快来呀……"

所幸山不太高，寂静的夜晚把我的声音传得很远很远。山下的门一扇扇訇然洞开，我又喊了一遍。接着就见大人拉着孩子，手里提一盏红灯笼出了门。刹那间，山脚下就是一串流动的红灯笼，快速地向山上流动。远远看去，他们是那么的温暖，又是那么的揪心。

一支钢笔

    陕南山区的一个县受灾了，许多的孩子失去了上学的机会。为了使这些孩子能够重新回到学校，电视台计划组织一次真情无限的拍卖活动。活动得到了社会各界的支持，拍卖的这一天不仅来了许多的企业家，也来了许多的艺术界的名人，他们按要求都带来了珍贵的纪念品。有的拿的是书画作品，有的拿的工艺品，有的是自己的奖杯，有一位作家拿的是自己用过的一支笔。由于这些琳琅满目的纪念品都是名人的，而且又是善举，竞拍得非常激烈。

    可是，轮到拍卖作家的那支笔的时候，场面相对沉寂了。作家虽然是一个名家，可他的笔太一般了：笔是六七十年代上海造的那种"金星"牌水笔，又黑又粗，也没有一点艺术的美感，而且笔帽已经破裂，自然引不起大家的关注。高傲的主持人见了这个场面，就轻巧地把球抛给了作家。

    主持人就问他："您这支笔看起来非常普通，这支笔的背后是不是有什么特别的故事？"作家说："是的，它的背后确实有一个感人的故事。"主持人说："那您能不能把这个特别的故事讲给大家听听。"作家点点头，就拄着拐杖走上前台，给我们讲了这样一个故事：

    八岁那年，在一次高烧过后，我的腿坏了，再也不能直立行走了。不能行走的日子，我整天就窝在我家的土炕上。好在土炕的里面是一扇窗户，窗户外面是一条小路，我就通过那扇窗户看那小路上来来往往的人。逢着上学放学的时候，我就大声地喊来往的学生陪我玩，可是他们谁也不理我。是呀，小孩子都是贪玩好动的，谁愿意和我在一起说一些没有用的话呢。我虽然明白这些，可我仍然不死心，逢着放学上学了，我仍然大喊大叫。他们自然是不理我，可我的叫声却叫来了学校的田老师。

田老师是我们学校唯一的女老师，长得白皙漂亮，温柔可人，又说着一口普通话，谁见了都喜欢。田老师知道我的情况后，就找到我的父母，要求父母送我去上学。父亲就说，我们家穷，掏不起学费。田老师就说，学费由她负责。父亲又说，你看他那双腿，连路都没法走，怎么去上学。田老师说，正因为他的那双腿，你才应该让他上学学知识，不然他长大了怎么生活？至于上学接送的事，由我负责，你们不必担心。面对田老师的真诚，父母再也不好固执己见。于是，田老师就背着我离开了我家寂寞的土炕，走进了我期盼已久的学校。我知道我的学习机会来之不易，又有田老师的细心辅导，我的学习成绩很好。特别是那一段寂寞的日子，我整天胡思乱想，竟然开发了我的形象思维，我的作文每次都有田老师写的大大的"甲"字，作文也常被田老师作为范文在班上朗读。也正因为如此，田老师就把那支当时是非常珍贵的钢笔送给了我。

因为这支钢笔，我就有了一个理想；也因为田老师给了我的这支钢笔，我学会了怎样去面对苦难。后来，田老师离开了我们那所山村小学，我用这支笔坚持读完了小学，又读完了中学。大学虽然拒绝了我，我还是用这支笔自学完了大学的课程。后来呢，我又用这支笔写下了一百多万字的作品，我这个山村的穷孩子历经艰辛，终于实现了自己的理想，成为一名作家。

主持人听了作家充满真情的叙述，擦了一下发红的眼睛，问："这支笔对您如此重要，您怎么忍心拿来拍卖呢？"作家说："因为，我的——老师走了。"主持人说："哦，不过您的老师去世了，您更应该保留着这支钢笔，作为永久的纪念呀。"作家说："是的。可是，当我听说受灾的山区有许多的孩子不能上学后，我还是决定把这支钢笔拿来了，我希望更多的人知道这个故事，我也希望更多的人能献出一份爱心。因为，你不经意的一个善举，可能改变一个孩子一生的命运。"

作家说罢，演播厅里马上热闹起来，竞叫声此彼此伏，价钱一路攀升。后来，这支钢笔被和作家坐在一起的一位歌星用二十万的天价成交。面对主持人的话筒，这位新潮的歌手说："我希望每一个需要钢笔的孩子，都能拥有一支他需要的钢笔。"

一张纸条的承诺

　　黄梅虽然一直在屋子里忙碌着，心却一直关注着院子的动静。她急切地等待着父亲回来，她希望父亲回来的脚步声是欢快有力的，她希望听见父亲爽朗的笑声。

　　父亲的脚步一向是自信有力的，父亲的笑声也清脆而爽朗，可自她接到大学通知书以后，父亲的脚步就变得那样的迟疑，父亲清脆的笑声也成为久违的记忆。她真后悔自己为什么要去考大学。

　　谁想到学费这么高呢？在这个贫困的山村里，谁家听了都会害怕呀。父亲强劲的脚力在一家家的门口磨完了，爽朗的笑声被那祈求的话语耗尽了。父亲尽管磨软了脚力，失去了笑声，也没有凑够她上学的费用。她真想撕碎了那张难得的通知书，换回父亲强有力的脚力和那爽朗的笑声。可惜，黄梅又不甘心。那么，还有别的什么办法吗？

　　黄梅又拿出了那件漂亮的外套和那张发黄的纸条——"穿上这件衣服的小朋友，学习上如果有困难，可以联系我们，我们一定帮助你。李思俭。"

　　看见纸条，黄梅就想起了 9 年前的那场洪水。它是那么凶猛，那么的无情，片刻之间就剥蚀了地里的庄稼，一时三刻就席卷了她们的村子，父亲历经辛苦盖起的房子倏地就没了。雨过天晴之后，救灾的物资终于到了，她分得了一个包裹。包裹里除了一件非常漂亮的衣服，还有这张她细心保存了9年的纸条。9年来，小小的黄梅经历了太多的艰难，她还是和自己的爸爸妈妈一起克服了。她虽然没有和纸条上的李叔叔联系过，可是她知道纸条后面有一双希望的眼睛一直关注着她。她一直暗暗努力，想考上一个好大学，找一份好工作，回报李叔叔的关心。因为李叔叔给她的衣服是她至今穿的最漂亮、也是最温暖的衣服。谁想到第一次和李叔叔联系会是这样呢？

黄梅真的不想麻烦李叔叔了，无亲无故的，凭什么呢？就因为李叔叔的爱心，又要索取李叔叔的爱心吗？她真的不愿意这样……

黄梅实在是没有别的办法了，只好试着给李叔叔写了一封信。她精确地计算了，李叔叔的回信大约需要7天的时间。她又想，如果李叔叔不回信，她该怎么办呢？她不知道，真的不知道。

谁想到，第5天的下午，黄梅收到了李叔叔的信，还有她急需的10000元学费。李叔叔的信里写了许多鼓励的话语，希望她努力学习，取得好成绩。李叔叔还说，她大学期间的学费和生活费就不用担心了，他们家经济状况非常好，由他们家全部负责，她只负责出好成绩。

黄梅顺利地走进了大学。她知道自己的学习机会来之不易，她十分努力。课余了，她总是寻找勤工俭学的机会。她写信告诉李叔叔，她只希望李叔叔帮助她学费，她自己承担生活费。李叔叔立即告诉她，勤工俭学是必要的，主要还是学习，他承诺的生活费不减。自己挣的钱，你去买书、买衣服吧，女孩子应该打扮得漂亮一些。李叔叔还说，你阿姨现在开了一家饭店，虽然不是日进斗金，收入还是不错的。她每月按时收到生活费和学费；每逢节假日，她都会接到李叔叔和李阿姨的礼物。她也常常接到阿姨的电话，告诉她昨天收入了多少，今天收入了多少，然后她们就在电话里开心地笑，宛如一对亲昵的母女。阿姨还邀请她去南京玩玩。她多么想去南京看看李叔叔和阿姨，想想，她还是拒绝了。西安到南京需要很多钱，她不想额外增加李叔叔的负担。她想等自己工作了，她一定会去看自己朝思暮想的李叔叔和阿姨。

有了李叔叔的帮助，本该艰辛漫长的大学生活转眼就结束了，快得她都不敢相信是真的。由于不用担心学费和生活费用，她的学习成绩一直很好，还没有毕业，她就找到了一份可心的工作。因此，她领到她第一个月的薪水后，她觉得自己应该去看李叔叔一家。她知道，富有万贯的李叔叔虽然不在乎她微薄的礼品，她应该献上一颗感恩的心。她又想，李叔叔家该怎么样的富有呢?

　　终于到了南京，终于走进了李叔叔的家，没有想到李叔叔的家与他们在电话和信里所说的有天壤之别。阿姨5年前就下岗了，一直在家，他们的儿子在北京上大学、读研，李叔叔单位的效益又很差，一家人的生活仅仅依靠李叔叔微薄的工资已是非常艰难了，他们还要资助上大学的她。看看李叔叔寒碜的小家，黄梅扑进李叔叔的怀里放声大哭。

　　抹去泪，黄梅问:"李叔叔，您为什么要这样呢?"

　　李叔叔一笑，说:"不为什么，就为了兑现自己的承诺，也为了实现一个女孩的梦想。"

谁想到他们会来真的

组织部门要为文化局招聘一名副局长，熟悉的人都让张三去报名。人们觉得张三是最合适的人选。

真的，没有人比张三更合适了。名牌大学中文系的才子，能说会写不说，吹拉弹唱也是高手，再看看他策划组织的几场大型文化活动，也显示出高超的艺术水准和组织能力。可是，任人怎么劝说，他都不答应。他说那是作秀的，去了也是陪考，丢人又现眼。

末了，文化局长亲自出马劝他参加考试，他也没有答应。局长说，你是最有能力的，你应该努力一把，绝对没有问题。他说，局长你知道，我是有能力没实力，那些没有能力的人有实力，哪个没有上去？一句话噎得局长说不出话来，只好讪讪地走了。

张三觉得自己没有提拔，局长是有一定责任的。

几年前就该提拔张三了，待到组织部门来考察时，考察组内定推荐剧团的黄梅。黄梅是剧团的舞蹈演员，除了生得漂亮，会跳几曲交谊舞外，特别能逢迎喝酒。有了什么场合，领导经常喊叫她去陪酒，几杯酒下去，小红嘴一嘟、小蛮腰一拧，领导就心花怒放了。待到提拔时，领导自然就想起了黄梅，局长还得使劲做工作给黄梅拉票，张三自然就"小产"了。如今呢，黄梅已经越过了局长，成了分管局长的副县长，连局长都没奈何了。

后来又有了一次机会，他坐在家里扳着指头数，这回该轮到他了吧。可惜，阴差阳错出了一件事，莫名其妙有人告他的状。待到组织查明真相了，另外一匹黑马已经杀将出来。后来才知道，那黑马不是一般人，有着很深的背景。张三中了别人的暗箭，又一次"小产"了。

有了这两次经历，张三很是悲观，局长也觉得惭愧，一再到组织部门推荐，可组织部门说文化局已经没有领导职数，等有了职数再说。局长知道，的确是没有职数了。局长就告诉张三说，现在是没有车位了，等有了岗位再提拔。可就在他坐在车里等车位的时候，上面空降了一个副局长，到头是别人的飞机都停下来了，他要的车位还是没有腾出来。张三这次是习惯性"流产"了，而局长呢，却决定不了一个副局长的任命，弄得里外都不是人。

张三不去了，最硬的对手没了，报名的人更多了。可这么多的人里，局长觉得还是张三最合适，局长还是希望张三这样有能力的人出来。再说，张三的机会也不多了，再过一年半年，也许连胎都怀不上了。

局长又找到张三，张三依然不答应。

张三说，我才不去丢那个人。

局长说，这怎么是丢人呢，说不一定就是你的机会。

张三说，机会是留给有准备的人的，我没有准备。

局长说，机会也是给你这样有能力的人的，你不应该失去的。你应该相信组织。

张三说，组织也是人，是人就会有关系户。

局长说，也许组织就是为了避免关系户，才这么公开选拔的。

张三说，也许组织就是为了摆平关系户，才这么公开选拔的。

局长说不过张三的歪理，叹口气就走了。走到门口又回过头，说，你实在不愿意考了，我动员局里的两个有些能力的年轻人参加，你给辅导辅导？张三说，这个可以，工作我绝对干好。

张三干工作真不马虎，辅导年轻人用心用力，把两个没信心也没有关系的年轻人辅导得热血沸腾。年轻人回头劝张三报考，说是我们实行招标围标的办法，把张老师扶上马。张三叹口气说，别标没围成，还搭上你们的前程。

　　张三真是有能力，自己虽然没有参加考试，辅导的两个年轻人都以第一第二的名次杀入前三名，进入面试。两个人拿着成绩向他报喜时，他冷冷地说，这才是笔试，笔试不好作假，面试再见吧，面试才是评委放分的时候。看看第三名，不知道吧，说不一定就是有关系的黑马、最终的胜利者。

　　张三虽然这么说，辅导却是一刻也没有放松。文化局两个年轻人又以第一第二的名次通过面试，接着又以第一第二的名次通过演讲。最终经过考察，一个当了副局长，一个成为重点培养的后备干部。

　　面对这样的局面，局长深深地为张三惋惜，因为年龄关系，张三也许再也没有机会提拔了。而张三呢，更是满腹悲伤。和局长对坐许久，深深地吸下一口烟，又长长地吐出来，咕哝一句，谁想到他们会来真的呢！

初恋情人

　　不知道从哪一天开始，老公总说要见见我的初恋情人。初恋的故事虽然很浪漫，毕竟是很久远的事情了，也只是一个美好的记忆，各自都有了家庭，有什么见面的必要呢。再说了，很多年也没有了联系，他现在怎么样我真的不了解。老公不依，依旧不住地唠叨。我不知道老公是什么心理，懒得理他，他却喋喋不休地说起了他的初恋情人。

　　老公的初恋情人杨佳是一个美丽的女孩，温柔，善良，善解人意，很早的时候就成了他打压我的有力武器。我知道老公的初恋情人在他心目中的位置，也知道他的初恋情人留给他的伤害，我从来不诋毁她，我不想因为久远的故事破坏家庭的幸福。唠叨得多了，我似乎明白了老公的用心，就说："你想见你的初恋情人了，你就去见吧。"

　　老公真的去了。没想到他很快回来了，回来时是一脸的兴奋。看见他的样子，我问他："见了？想必当年的班花现在应该是倾国倾城了吧。"

　　"唉……岁月不饶人呐，谁想到当年的绝色女子，如今也……"

　　"难道——难道比我还惨不忍睹吗。怎么会呢，她既是你的初恋情人，也是你的梦幻情人呀。她可是你打压我的核武器呀。"

　　想起以往每次争吵了，他总是拿他的初恋情人打压我，我忍不住顶了一句。没有想到他叹了口气，不再说话。说真话，我也真的想知道他的初恋情人现在怎么样了，就问他："怎么了，不会有什么事情吧？如果她有什么需要你帮助，我决不阻拦。"

"糟蹋了，一个绝色女子硬是让他男人给她的贫穷的生活给糟蹋了。想当初，唉……"

老公满嘴叹息，可心里却有那么一股子得意。我也明白了老公为什么一定要见自己的初恋情人了。也许每一个所谓的成功男人心理都这么阴暗，口口声声希望自己过去的情人过得好，心里却希望她过得不好。因为只有她过得不好了，才能证明自己是多么的优秀，从而又教训自己现在的妻子或者情人，要珍惜自己。想到这里，我忽然想到了康美。要是康美见到人老珠黄的我，会不会这样呢？

康美是我的初恋情人。我们虽然没有轰轰烈烈的爱情事迹，可是我们的爱情是那么的温馨而又甜美。遗憾的是，大学毕业后，我们的家在南北两地，又是家里唯一的孩子，我们不得不分手。康美说，生活不仅仅是爱情。康美回到南国不久，父母就给他找了一个可心的女孩结婚了，我也嫁给了现在的老公。起初的时候，我们也有过联系；后来，就慢慢地断了。然而，心里的牵挂永远是断不了的。有谁能够忘记自己的初恋呢？也正因为如此吧，康美总是自负的老公和我争吵的一个由头，而美丽的杨佳总是他打压我的有力武器。今天见了杨佳，会不会又提到康美呢？

"想什么呢，又在想你的康美了。"

"是又咋，只准你见你的初恋情人，就不许我想我的初恋情人？"

"那好呀，我的初恋情人老了，你的初恋情人也好不了哪里。不信你就等我调查了让你看。"

说真的，我很想知道康美的情况。我记得他结婚不久，就有了孩子，然后又提了干，年纪轻轻当了副局长、局长。后来的十几年就没有了联系。不是不想联系，而是不能联系。像一个朋友说的，爱他就不要打扰他。虽然没有打扰他，心里却记着他。

老公还真的打探到了康美的信息。他说，康美的父母已经去世了，康美的孩子已经上高中，康美的妻子瘫痪在床好多年了。而康美呢……康美失去了工作，成为一个个体杂货店的小老板了。听了老公故作同情的介绍，我心里十分的难过。我不明白怎么会是这样呢？期间发生了一些什么事情呢？康美，你怎么也不告诉我一声？

"你……要不要去看看他？如果他需要什么帮助，我会做得很好。"我看得见老公的心思，杨佳的变化，让他在自己初恋情人面前扬眉吐气了；他也想看看我的初恋情人的清贫生活，从而证明他的成功，让我对他满怀感激。我说："要去我们一起去吧。"

我终于看见了我的初恋情人了。在他家小店对面的茶楼里，我看见岁月虽然夺取了青春，他依然是那么激情四溢，他那熟悉的笑依然是那么爽朗迷人。门前轮椅上坐着的应该是他妻子吧，面容似乎没有我姣好，可笑声里她的幸福是那么的甘醇而让人妒忌。看见她幸福的神情，我的思绪就像回到了我们牵手漫步的校园。这时，老公又向旁边的老人打探起康美的情况。

老人说，听见笑声了，就该知道他们的日子了呀！老人又说，难见这么有情有义的男人了。二十八九岁就当了局长，前途远大呀。可是妻子遭遇车祸，成为植物人了，他呢，硬是辞职了。他一边开店谋生，一边照顾妻子的生活。也许是老天有眼吧，由于他十几年的精心照料，植物人的妻子竟然苏醒了。老公又问，他家的经济情况怎么样呢？经济情况好呀，虽然没有万贯家产，也不缺吃不缺穿的，孩子学习又好，还救助了两个适学儿童。你说钱是啥，名是啥，你看他们一家人和和美美在一起，那真的是幸福呀。

看着她那张灿烂的笑脸，我莫名其妙地泪流满面了。抹去泪，我告诉老公，我如果有一天遭遇了不幸，我希望像她那样灿烂的微笑。

名 医

何诗才自幼聪明伶俐，小小年纪，四书五经就烂熟于心，琴棋书画无所不能。何家本来想让他走科举之路，弄个金榜题名光宗耀祖，也可救万民于水火。可惜，生逢乱世，当官成为最危险的职业，何诗才只好蛰伏家中，继续读他的子集经典。

有一天，何诗才正在书房"诗云子曰"呢，门口传来一阵争吵声。出得门来，何诗才发现门童和一个老年乞丐发生争执。何诗才看那乞丐，衣着虽然破旧，谈吐却十分风雅，眉宇之间竟有一股轩昂之气。少年何诗才知道是遇上了高人，急忙将老年乞丐请进自己的书房。

那老乞丐还真是一个高人。二人略施寒暄，何诗才顿觉汗颜。他发现乞丐不仅满腹经纶，而且有济世之才。正疑惑他为何沦落到此等地步，那乞丐问："你可愿意拜我为师？"何诗才连忙说："非常荣幸。"那乞丐又说："不过，我只传授你岐黄之术。"何诗才不知道如何回答，老乞丐说："如今官场腐败，民不聊生，做官既不能无愧于己，又不能无愧于人。既然不能无愧于己，又不能无愧于人，做官又有何益？教授你岐黄之术，悬壶济世，救民于垂死，亦是人间至善呀。"

自此，何诗才开始了自己的学医之路。何诗才不但要背那些汤途歌诀，背黄帝内经等一些专著，还经常陪师傅游走四方，诊治疾病。师傅说，做学问要行万里路，读万卷书，学医更应该如此。如若我们困守家中，哪里能够见到那些疑难杂症，又怎么能够提高我们的医术。何诗才虽是富家子弟，却也吃得了苦，受得了罪。一路之上，餐风饮雨又披星戴月，吃尽了苦头，也见识了民间的疾苦。霍乱，战乱，匪患，官灾，处处是民不聊生，让人黯然。每次看见师傅挽救一个、多个，甚至一群人的生命，何诗才心里又是无限的安慰。因此，他就断绝了其他的念想，潜心学习治病救人之术。

五年过去，何诗才不仅学得了一身医术，而且也有了一颗悲悯之心。师傅很是高兴，一再要他开一家医馆独立行医，可他一直不答应，恳求师傅再带他两年。

第六年早秋的一天，师傅病了，安排他到商州城去买几剂中药。何家离商州城二百里，何诗才骑着一匹快马，不到中午就到了商州城外。跳下马，正欲进城，却见一农夫推着一辆破车，车上躺着一个孕妇，身后跟了一串哭哭啼啼的男女。何诗才走上前去，发现那孕妇嘴唇青乌，已经没有了气息。又翻开孕妇的眼皮看了看，他急忙让那农夫停住车，扶起孕妇，然后对准孕妇左胸猛击三掌，但见女人长出了一口气。人们惊讶得不知发生了什么，他又让农夫把孕妇抱进路边的关帝庙。片刻之间，关帝庙里就传出婴儿响亮的啼哭声。

三掌救两命的故事传遍商州之后，何诗才一夜之间就成了名医。成了名医的何诗才回到家，发现师傅留下几卷书籍，已经悄然离去。他知道师傅真的是走了。直到此时，他仍然不知道师傅姓什么，叫什么，是哪里人氏，满腹经纶又为何成为四方游医。当然，师傅又去了何方，他更是无从知晓。想起师傅的教诲，他典当了家产，准备正式开馆行医，救济苍生。

何诗才在商州城里开了一家医馆，起名"众生堂"，意思是普济众生，也有佛家普度众生的意思。医馆一开张，生意是出奇的好。富豪之家是冲了他的名气，贫苦大众是感受他的情怀。他呢，每次为官宦富户之家治病，分文不少；如若贫困人家，他又不取分文；遇上穷困潦倒之人，他还慷慨解囊，治病救人。一时间，商山洛水之间，谁都知道商州城里有个

"众生堂"，谁都知道商洛山中有个名医叫何诗才，就连西安府和周边河南、湖北的人，得了疑难杂症，都不远千里来到商州城，求何诗才诊治。

何诗才的生意好了，同行就有了怨言，想着法子来挤兑"众生堂"。有了疑难杂症推给他，无人管护的乞丐病了也送到他的门前，有的甚至勾结山里的土匪来敲诈他。可惜，任凭他们机关算尽，也斗不过"众生堂"的何诗才。何诗才的医术太高了，有什么病能够难得到他呢？至于那些穷苦之人，"众生堂"本来就不收他们的钱；至于富人吧，只要医术高明，多花几个钱也没有什么了不得。还有那山里的土匪，大多也是穷苦人出身，也知道"众生堂"和何诗才的为人，谁愿意去敲诈自己的恩人呢？反过来，去收拾了他们。按说，同道之人也应该收手了吧，可他们仍不甘心，伺机报复"众生堂"。

机会终于来了。

那一年正值麦黄时节，商州下了一个月的连阴雨，下得麦子烂在地里，下得苞谷不得生长，下得人出不了门。连绵的阴雨不但引发山洪，造成路毁桥断，房舍倒塌，而且诱发了瘟疫，大量贫民染病身亡。知州衙门急忙召集商州城里所有药店老板和医生，要求他们义务出诊救济难民。州城的同道众口一词说不会治疗瘟疫，又一直推荐何诗才担此大任。何诗才明白他们的意思，也不推脱，独自承担了义务出诊消灭疫情的义务。

何诗才行医多年，什么病都治过，就是没有治疗瘟疫。他搬开师傅留下的书籍，经过两天两夜的精心研究，终于研究出了一种非常简易的治疗方案。何诗才一边将治疗方案和自己赊欠的大量药品送往知州衙门，请求知州立即送往各县集镇，广为宣传发放，一边奔走于疫情严重的地区发放药品，指导治疗。

经过一个月的艰苦努力，瘟疫终于得到控制了，名医何诗才也瘦了一圈，"众生堂"终于米尽盐干，濒于倒闭。四乡的百姓给他送来了本应送给官员的"万民伞"，知州衙门给他送来了"功同良相"的牌匾。"万民伞"和牌匾虽然是一个浮名，让他欣慰的是自己的的确确做到了救民于水火。他又想，生逢乱世，既就是做了官，又能如何呢？因此，何诗才坚定继续悬壶济世的信心。

遗憾的是不久，何诗才跳出红尘，皈依了佛门。

瘟疫事件过后，"众生堂"终因资不抵债而倒闭。知州本欲保举何诗才做县令的，他却应聘为商州的医官。医官本无多少公务，何诗才就在商州境内各县行医游玩，撰写自己的行医笔记，十天半月回一次州城，日子十分的逍遥。

这天，何诗才刚从外县回到州城医馆，新任知州派人相请。原来，知州的小姐生了病，饭不吃，茶不想，日日消瘦。知州知道男女授受不亲，本不打算请何诗才诊治，耐不住夫人恳求，只得陪同何诗才为小姐治病。何诗才来到闺房，两指轻摁帘帐外的纤纤素手，片刻，起身施礼，说："喜脉，大喜脉！"然后留下一帖药方，拜别而去。

第二天一早，知州衙门主簿带着一乘小轿来到医馆，送来一封重重的礼金，也送来了解聘通知，让他立即回二百里外的镇安老家，再也不要到商州。一乘小轿，一班人马，一路不曾耽误，黄昏落日的时候就回到了镇安老家。看见老家熟悉的庭院，他不明白自己不求名利奔波多年，为什么会是这样的结局，就问那正欲离开知州家的轿夫。

轿夫说："先生有所不知呀，知州的小姐待字闺中，你怎么能说是喜脉，而且是大喜脉呢！"

轿夫叹口气，又说："唉，先生您三掌救了两人出了名，你却不知你这次是两指还杀了三个人呀？"

何诗才急忙问："此话怎讲？"

轿夫说："你一句话'喜脉'，知州觉得丢尽了脸面，让小姐服了毒；小姐死了，肚子里的小孩也没了；知州又逼死了小姐的相好。这不，三条命都没了。"

轿夫说罢，长流泪水落荒而去。而何诗才转身过家门而不入，就去云盖寺出家做了和尚，再也不过问红尘之事。